Werner E. J. Schulz

DIE GRAUE SAU DER OSTSEE

DIE MINENTAUCHER DER BUNDESWEHR IM EINSATZ

EK-2 MILITÄR

Die graue Sau der Ostsee

Die Minentaucher der Bundeswehr im Einsatz

Ihre Zufriedenheit ist unser Ziel!

Liebe Leser, liebe Leserinnen,

zunächst möchten wir uns herzlich bei Ihnen dafür bedanken, dass Sie dieses Buch erworben haben. Wir sind ein kleines Familienunternehmen aus Duisburg und freuen uns riesig über jeden einzelnen Verkauf!

Mit unserem Label *EK-2 Militär* möchten wir militärische und militärgeschichtliche Themen sichtbarer machen und Leserinnen und Leser begeistern.

Vor allem aber möchten wir, dass jedes unserer Bücher **<u>Ihnen ein einzigartiges und erfreuliches Leseerlebnis</u>** bietet. Daher liegt uns Ihre Meinung ganz besonders am Herzen!

Wir freuen uns über Ihr Feedback zu unserem Buch. Haben Sie Anmerkungen? Kritik? Bitte lassen Sie es uns wissen. Ihre Rückmeldung ist wertvoll für uns, damit wir in Zukunft noch bessere Bücher für Sie machen können.

Schreiben Sie uns: info@ek2-publishing.com

Nun wünschen wir Ihnen ein angenehmes Leseerlebnis!

Moni & Jill von EK-2 Publishing

Die graue Sau der Ostsee – Ein Roman über die Minentaucher der Bundeswehr

»Wie ich höre, nehmen Sie nicht am Unterricht für Wachoff'ziere teil, Oberleutnant Berger«, sagte Fregattenkapitän Denker, Kommandeur des 4. Minensuchgeschwaders. »Weder Morsen für WOs noch Schiffsführung noch Dienst an Bord und dergleichen.«

Oberleutnant zur See Max Berger stand vor dem Schreibtisch seines Kommandeurs in dessen Büro, Mütze in der linken Hand. Der Kommandeur blickte ihn erwartungsvoll über seinen Brillenrand hinweg an. FKpt Denker war untersetzt, in den Fünfzigern, hatte ein wettergerötetes Gesicht und schüttere, graue Haare.

»Gibt es da eine Erklärung?«, wollte er wissen.

»Jawohl, Herr Kap'tän«, sagte Berger. »Ich kann das alles, Herr Kap'tän.«

FKpt Denker sah wieder auf das Schreiben in seiner Hand. »Ihr Kommandant sagt auch, dass Sie sich als IIIWO weder vom IIWO, noch vom IWO etwas sagen lassen, sondern die beiden einfach übergehen. Haben Sie dafür auch eine Erklärung, Oberleutnant?«

Max Berger räusperte sich. »Jawohl, Herr Kap'tän.« Er machte eine Pause. »Ich habe seit zwei Jahren das Kommandantenzeugnis für KM-Boote. Das Minenjagdboot Fulda ist ein umgebautes KM-Boot. Ich bin in England ausgebildeter Minentaucheroffizier und auf die Fulda als IWO, und nicht als IIIWO, versetzt worden, mit der Aussicht, das Boot als Kommandant und Minentauchereinsatzoffizier zu übernehmen.« Berger wartete auf eine Reaktion seines Kommandeurs. Da kam nichts.

»Soweit mir bekannt ist, Herr Kap'tän,« fuhr Berger fort, »bin ich derzeit der einzige Minentauchereinsatzoffizier mit Kommandantenzeugnis in der Bundesmarine.«

FKpt Denker musterte den jungen Seeoffizier kritisch durch seine dickrandige Brille. Max Berger war groß, schlank, breitschultrig, hatte kurzgetrimmte blonde Haare und blaue Augen. Er hielt dem Blick seines Kommandeurs stand.

4

»Das ist alles, Oberleutnant Berger«, sagte der Kommandeur nach einer Weile. »Wegtreten.«

Der Bordbetrieb auf der Fulda schlenkerte so dahin, und Max Berger wunderte sich, was er da eigentlich sollte. Nach seiner Ausbildung bei der Royal Navy war er Einsatzoffizier bei der Minentaucherkompanie in Eckernförde gewesen und hatte diverse erfolgreiche Einsätze gefahren. Mit Frau und zweijähriger Tochter bewohnte er eine schöne kleine Dienstwohnung in der freundlichen Küstenstadt. Den Standort der Fulda im 4. Minensuchgeschwader, Wilhelmshaven, hatte er noch nie gemocht. Alles grau. Die Stadt, der Himmel, das Meer, die Menschen.

Nach einem Kurzmanöver des 4. Minensuchgeschwaders im Jadebusen war die Fulda auf dem Rückmarsch nach Wilhelmshaven. Der Kommandeur, Fregattenkapitän Denker, war auf dem Minenjagdboot eingestiegen. Beim Einlaufen in den Marinehafen waren alle Offiziere auf der Brücke. Es herrschte das typische Wilhelmshavener Schmuddelwetter mit einer steifen Brise aus Ost. Der Kommandant fuhr das Anlegemanöver.

»Kilo ins Deck!«, sagte er durch das Mikrofon, das ihn vom Peildeck mit dem Fahrstand eine Etage tiefer verband.

»Besatzung auf Manöverstation!«

Der Kommandeur beobachtete das Treiben von der Geschützfernsteuerung aus.

Das Anlegemanöver ging beim ersten Anlauf total in die Hose. Der Kommandeur wollte die Fulda zwischen zwei Bootspäckchen, die schon an der Pier lagen, bugsiert haben, und das bei stark ablandigem Wind. Der Kommandant tat sein Bestes, aber bevor er eine tragende Leine an Land hatte, war das Boot wieder zu weit abgetrieben.

»Die segelt wie die Gorch Fock«, sagte er mit einem Schafsgrinsen.

Das zweite Manöver war nicht erfolgreicher, und der Kommandant gab dem Schmadding die Schuld. Die Leinen würden zu langsam an Land kommen, meinte er.

»IIIWO!«, wandte sich der Kommandeur von seinem Beobachtungspunkt an Oberleutnant Berger. »Jetzt zeigen Sie mal, was Sie können, Oberleutnant! – IIIWO fährt weiter!«, sagte er zum Kommandanten der Fulda.

»IIIWO fährt weiter!«, sagte der Kommandant durch das Mikro, und von unten kam die Bestätigung.

Max Berger ließ den Schmadding auf die Brücke kommen und besprach mit ihm in einer Minute, wie er das Boot an die Pier legen wollte. Der Hauptbootsmann nickte, grüßte und meldete sich von der Brücke.

Berger sandte ein Stoßgebet gen Himmel, drehte die Fulda auf der Stelle, fuhr gegen den Wind rückwärts in die Lücke zwischen den beiden Päckchen dicht an die Pier heran, ließ die Heckleine mehr oder weniger von Hand zu Hand auf die Pier geben und auf der Fulda belegen. Er stand in der Nock und befehligte die Leinen. Dann kam die Achterspring auf die Pier, und Berger ließ sie so weit wie möglich nach vorne auf die Pier legen. Mit einer Maschine voraus und der anderen zurück zog er das Boot in die Achterspring hinein und ließ gleichzeitig die Heckleine gerade genug schricken, damit das Boot drehen konnte, aber nicht weggetrieben wurde. Er ließ die Kopfleine als nächste auf die Pier geben und die Lose durchholen, bis das Boot auf den Meter genau zwischen den Päckchen lag.

»Vorleine rüber!«, sagte er durch das Oberdecksmikro, und »Maschine beide Steigung Null!« durch das Brückenmikrofon. Er drehte sich um und rief dem Kommandeur zu: »Melde Boot fest!«

FKpt Denker schmunzelte. »Berger«, sagte er, »Wenn sie jetzt schnell Einmal-Lang auf dem Nebelhorn geben müssten, wie würden Sie das tun?«

Max Berger ging am Kommandeur vorbei zum Signalmast, öffnete den kleinen Kasten auf dessen Rückseite und drückte auf den roten Knopf.

»Böööööp!«, machte es.

Eine Woche später wurde Oberleutnant zur See Max Berger zum Kommandeur des 4. Minensuchgeschwaders zitiert.

»Berger«, sagte FKpt Denker, »da ist eine Kommandantenstelle frei. A11. Minentaucherboot Hansa. Untersteht der Minentaucherkompanie Eckernförde. Liegeplatz Eckernförde ... wollen Sie?«

»Jawohl, Herr Kap'tän!« sagte Max Berger.

»Gehen Sie zum Spieß und lassen Sie ihn die Papiere fertig machen.«

Berger meldete sich ab und drehte sich um.

»Berger«, sagte der Kommandeur hinter ihm her, »viel Glück!«

Die Hansa gehörte der Niobe-Klasse an und war zum Minentaucherboot umgebaut worden. Da gab es eine große Gerätelast, eine Sechs-Mann-Druckkammer, Schlauchboote mit Außenbordern und ein großes Arbeitsdeck achtern mit einem Kran, der über eine elektrische Winde betrieben wurde. Max Berger ließ als eine seiner ersten Amtshandlungen eine klappbare Taucherplattform am Heck anbauen. Eine stabile Taucherleiter verband sie mit dem Achterdeck. Eine transportable Einmanndruckkammer stand für etwaige Taucherevakuierungen bereit.

Die Hansa hatte knapp 30 Mann Stammbesatzung, ein 4cm-Geschütz auf der Back, eine Hauptmaschine von über 1.000 PS und zwei Hilfsdiesel. Die Brücke war auf Deckhöhe, aber gefahren wurde fast ausschließlich vom Peildeck darüber, wo auch der Rudergänger meistens saß. Kontakt vom Peildeck zur Brücke geschah über ein System aus »Flüstertüten«, offiziell Sprachrohre genannt: verschließbare, enge Rohre, in die man hineinsprach. Funktionierte immer.

Gewohnt wurde auf der Hansa eher spartanisch. Das Mannschaftsdeck war unter Deck ganz vorne, gleich hinter dem Kettenkasten und der Vorpiek. Dann kam das U-Deck und anschließend die beiden einzigen Kammern, eine backbord für den Leitenden Maschinisten und eine steuerbord für den Kommandanten. Ursprünglich war diese Bootsklasse nicht für Offiziersplanstellen vorgesehen. Die Kommandanten waren meist Stabsbootsleute. Als Minentaucherboot hatte die Hansa eine A11 Planstelle für den Kommandanten bekommen.

Auf dem Hauptdeck, gleich hinter der Brücke, befand sich der Funkraum. Die anschließende Messe für Portepeeunteroffiziere und den Kommandanten war nur ein Tisch mit ein paar Bänken rundum. Als eine von zwei Minentauchereinheiten der Bundesmarine bekam die Minentaucherkompanie öfter hohen Besuch. Der besichtigende Bundespräsident hatte Bergers Einladung, das Mittagessen in der Messe einzunehmen, abgelehnt. Er hatte mit den Mannschaften ganz vorn unter Deck gegessen.

Für Einsätze nahm Berger eine von ihm zusammengestellte Gruppe Minentaucher von der Minentaucherkompanie an

Bord. Die war im Wohnschiff Alter Hafen auf der der Hansa gegenüberliegenden Seite der Pier untergebracht.

Max Bergers Familie war glücklich, in Eckernförde bleiben zu können. Bergers Frau hatte zwar den Umzug in die graue friesische Einöde schon vorbereitet, aber es machte ihr »überhaupt nicht das Geringste aus«, wie sie sagte, alles wieder rückgängig zu machen.

Besprechung beim Kompaniechef der Minentaucherkompanie.

»Berger«, begann der Chef. »Zwei Nachrichten für Sie: erstens, meinen Glückwunsch zur Beförderung zum Kapitänleutnant, zweitens, kommen Sie mal mit in mein Büro. - Das ist noch Geheimsache«, sagte er zu den anderen im Raum.

»Setz dich«, sagte der Chef, im Büro angekommen. Er beugte sich unter seinen Schreibtisch, brachte zwei Gläser und eine Flasche hervor und schenkte ein.

»Auf den Kaleu!«

»Auf den Kaleu«, sagte Max Berger.

»Die Idioten vom Deutschen Olympischen Komitee haben für die Segel-Olympiade in Kiel Segel-Revierkarten in alle Welt verschickt«, begann der Chef. »Auf diesen Karten steht in Rot quer über das Revier gedruckt: UNREIN - MUNITIONSVERSENKUNGSGEBIET.« Er ließ seine Worte wirken. »Natürlich schreit alle Welt wie am Spieß. Der Flottenchef hat mich eben angerufen. Wir – das heißt, du – sollst das in drei Monaten freiräumen.«

»Was liegt'n da alles?«, fragte Max Berger.

»Seeminen, Bomben, Luftminen, aber meist Torpedoköpfe. So genau wusste das der Flottenchef auch nicht. Alles altes Zeug aus dem Krieg ...«

»Prost«, sagte Kapitänleutnant Max Berger. Er leerte sein Glas.

Der Chef hatte entschieden, die Hansa von Eckernförde nach Olpenitz zu verlegen. Das war ein neuer Stützpunkt für Schnellboote, und U-Boote legten da auch gelegentlich an.

»Ist näher am Einsatzgebiet, und da hast du auch bessere Versorgungsmöglichkeiten als hier«, sagte der Chef.

»Wann geht's los?«, wollte Max Berger wissen.

»Gestern«, sagte der Chef.

Das Segelrevier für die olympischen Sportsegler lag am östlichen Ausgang der Kieler Förde, eine halbe Meile vom Land entfernt. Kaleu Berger hatte das Revier genauestens auf der Seekarte eingezeichnet. Jeder Quadratmeter auf See zählt. Das heißt, jeder Quadratmeter, den man nicht absuchen muss. Das Suchgebiet hatte eine durchschnittliche Wassertiefe von 15 Metern. Wenn sie das Atemgas für das Mischgasgerät dementsprechend zubereiteten, konnten die Taucher mehrmals täglich ohne Austauchzeiten tauchen. Berger hatte sich seine Tauchertruppe zusammengestellt:

Drei Bootsleute,
Zwei Obermaate,
Ein Maat,
Ein Hauptgefreiter.

Alle hatten den Sprengschein, und jeder von ihnen konnte Schlauchboot fahren und mit dem Suchgerät umgehen. Die Stammbesatzung der Hansa unterstützte die Taucher, wo immer es nötig war.

Max Bergers Leitender Maschinist, Hauptbootsmann Fiedler, war ein alter Hase. Er war mittelgroß, vollschlank, hatte zurückgekämmte, dunkle Haare und helle, wachsame Augen. Wenn er sprach, konnte er seine ostpreußische Abstammung nicht verleugnen. Er war bei Hitlers Kriegsmarine vor Norwegen von den Engländern zweimal versenkt worden. Seine Begeisterung für die Marine war ungebrochen. Die Stammdienststelle hatte ihm angeboten, Fachoffizier zu werden. Berger hatte das auch befürwortet, aber der Hauptbootsmann hatte abgelehnt.

»Was soll'n das«, hatte er gesagt. »Fünfzigjähriger Leutnant ...« Er schniefte durch die Nase. »Als Hauptbootsmann bin ich wer und habe Verantwortung.« Fertig war er mit diesem Thema.

»Herhören ...!«, sagte Kapitänleutnant Berger. Hauptbootsmann Fiedler hatte die Besatzung der Hansa und die ausgewählten Taucher von der Minentaucherkompanie vor dem Schiff auf der Pier antreten lassen. Wie bei jedem Einsatz war auch dieses Mal ein Taucherarzt dabei. Und wie immer hatte Berger einen Pfarrer abgelehnt.

»Jetzt wird's ernst.« Berger hob seine Stimme. »Wie Sie wissen, verlegen wir nach Olpenitz, bis der Job vor Kiel erledigt ist. Der Plan ist, dass wir von montags bis freitags im Einsatzgebiet bleiben. Jeweils Freitagabend sind wir in

Olpenitz. Die Ortsverheirateten können bis Montag früh 7Uhr an Land gehen. Die Übrigen … Hafendienst wie gewöhnlich.«

Max Berger erklärte die Einzelheiten des Einsatzes. Welche Art Munition er erwarte und wie sie damit umgehen würden. Er sagte, wie immer sei die bevorstehende Arbeit gefährlich, aber wie immer hätten sie alles im Griff.

»Die Welt blickt auf uns. Ohne jeden Einzelnen von uns geht es nicht. Jeder ist gleich wichtig, egal, ob Kommandant oder Smut, Heizer oder Leitender Maschinist.« Berger musterte die Männer vor sich mit ernster Miene. Dann hellten sich seine Gesichtszüge auf.

»Wir haben jetzt Januar. Es ist arschkalt. Im Einsatzgebiet ist alle Anzugsordnung aufgehoben. Jeder kann anziehen, was er will. Das Motto lautet dick und warm, denn was uns unser Dienstherr liefert, ist für Jobs wie die unseren nicht gerade geeignet – Leitender, lassen Sie wegtreten.«

Als die Hansa im Einsatzgebiet östlich vor Stein am Ausgang der Kieler Förde ankerte, schneite es. Die Sicht war miserabel, und es wehte mit vier Beaufort aus Osten. Von den Männern auf der Hansa sah kaum einer wie ein Soldat aus. Alle hatten die Empfehlung des Kommandanten wörtlich genommen. Max Berger selbst trug unter seinem Ölzeug einen dicken weißen Rollkragenpullover, den er von der Royal Navy mitgebracht hatte. Auf dem Kopf trug er eine Russenmütze aus Biberfell. Auf der Stirnseite prangte ein großer roter Sowjetstern mit dem CCCP-Emblem. Die Mütze hatte er bei einer Aufklärungsfahrt entlang der polnischen Hoheitsgrenze aus der Ostsee gefischt.

Berger legte eine Radarboje exakt an die Südwestecke des Suchgebietes. Das war der Referenzpunkt. Von dort ausgehend ließ er mit den Schlauchbooten Bojenstriche legen. Er benutzte dazu ein von ihm und einem anderen Minentaucher-einsatzoffizier entwickeltes Bojenlegesystem. Es bestand aus einer Aluminiumwanne, die auf einem Schlauchboot-schwimmer befestigt wurde. Die Wanne enthielt eine Leinentrommel und mehrere Bleisinker mit jeweils einer Markierungsboje. In Vorausfahrt zog die auslaufende Leine an markierten Stellen die Sinker mit den Bojen mit sich ins Wasser. Eine schnelle Sache und eine schnurgerade Bojenlinie.

»Sieht gut aus, Leichthammer«, sagte KptLt Berger zum Oberbootsmann neben sich, der das Bojen-Legen überwachte. Sie hatten sich angewöhnt, in Einsätzen die Dienstgrade in der Anrede wegzulassen. Nach »oben«, allerdings, wurde »Herr Kaleu« beibehalten. Nur der Leitende war für Berger »Hauptbootsmann Fiedler«, wenn er ihn nicht »Leitender« nannte. Schließlich war der fast doppelt so alt wie der Kommandant. Generell zollte Berger den »alten« Portepeeunteroffizieren aus dem letzten Krieg gebührenden Respekt. Bis auf wenige Ausnahmen – aber das ist eine andere Geschichte.

»Bei der schlechten Sicht unter Wasser fangen wir mit einer Snagline an«, sagte Berger. OBtsm Leichthammer war mittelgroß, schlank, Anfang 30. Auch er hatte einen dicken Pullover unter seiner Parka, und die blaue Wollmütze ließ seine spitze Nase und die braunen Augen gerade mal so herausgucken.

»Fillinger hat die Taucheraufsicht«, sagte Berger. »Er soll sich bei mir melden. Wo ist eigentlich der Doktor?«

»In seiner Kammer und kotzt, Herr Kaleu«, sagte OBtsm Leichthammer und grinste.

Bei der Suchmethode Snagline schwimmen zwei Taucher jeweils an einer von zwei voneinander entfernten parallelen Grundleinen entlang. Jeder der beiden Taucher hält ein Ende der Suchleine in der Hand. Während sie an den Grundleinen entlang schwimmen, ziehen sie die Suchleine über den Meeresgrund. Bei einem Hindernis merken die Taucher, dass die Leine hakt. Dann wird nachgesehen, was es ist. Wenn es das gesuchte Objekt ist, wird es mit einer kleinen Boje, die an die Oberfläche aufsteigt, bezeichnet.

Hauptbootsmann Fillinger war der älteste von den Tauchern. Er war nicht sehr groß, war untersetzt, und hatte kurze blonde Haare und graue Augen. Er war ein schweigsamer Mensch. Max Berger ließ ihm freie Hand bei der Suche, solange ständig zwei Taucher im Wasser waren. Das Suchgebiet war riesengroß, und bei schlechter Sicht unter Wasser deckten sie mit der Snagline die größtmögliche Fläche ab.

Das ging ein paar Tage so. Das Wetter hatte sich gebessert, der Wind war weniger geworden, und von Zeit zu Zeit guckte die blasse Januarsonne durch ein Loch in den Wolken hindurch. Die Hansa war eine gute Taucherplattform. Sie hatte niedrige Aufbauten, und alles Schwere war auf oder unter Deckshöhe. Da hielt sich das Rollen vor Anker im Rahmen. Die anfänglich gedrückte Stimmung an Bord war einer positiven Einstellung gewichen, obwohl Kapitänleutnant Berger striktes Alkoholverbot ausgesprochen hatte. Die Stammbesatzung des Schiffes arbeitete gut mit den Tauchern zusammen, und da der Smut, ein wehrpflichtiger Restaurantkoch aus dem Schwarzwald, ein Künstler in seinem Fach war, blieben diesbezüglich keine Wünsche offen. Selbst der Doktor, Stabsarzt und ausgebildeter Taucherarzt, war aus seiner Kammer neben der Druckkammer gekrochen.

Außer etlichen Gesteinsbrocken und dem Angler-sprichwörtlichen verrosteten Fahrrad hatten die Taucher nichts gefunden. KptLt Berger hatte seine Taucher am Plot am Kartentisch in der Brücke versammelt. Das Einsatzgebiet war rot umrandet, und die bereits abgesuchte Fläche grün schattiert. Der Navigationsmaat der Hansa war für die Dokumentierung zuständig.

»Wenn wir so weitermachen, brauchen wir sechs Monate«, sagte Berger. »Wir müssen uns etwas anderes überlegen.«

»Wir haben jetzt ungefähr sechs bis acht Meter Sicht unter Wasser, Herr Kaleu«, sagte HptBtsm Fillinger. »Wenn wir visuell suchen, können wir mit beiden Schlauchbooten gleichzeitig arbeiten.« Die anderen Taucher stimmten zu, nur Oberbootsmann Lehmann, ein mittelgroßer, gedrungener Taucher, der ständig seinen Kopf einzuziehen schien, verzog das Gesicht.

»Was ist los, Lehmann?«, fragte Berger. Er hatte OBtsm Lehmann für diesen Einsatz nicht ausgewählt. Der Chef hatte angeordnet, dass er ihn mitnahm.

»Bei den jetzigen Temperaturen ... am Tampen hängen ...« Er zog ein Gesicht, als hätte ihm jemand einen Eiszapfen in seinen Anorak gesteckt. »Warum machen wir keine kurzen Checks an verschiedenen Stellen, bis wir was finden?«

»Darum geht's doch nicht«, sagte Obermaat Brose. »Es geht nicht um was finden, sondern um das Gebiet freiräumen.« Jeder gab seinen Senf dazu, aber die meisten waren der gleichen Meinung wie Brose. OMaat Brose hätte schon längst Oberbootsmann sein können. Aber er hatte ein loses Mundwerk und ließ sich von niemandem auch nur die kleinste Ungerechtigkeit gefallen. Wenn es seiner Meinung nach sein musste, teilte er schon mal ein paar Ohrfeigen aus. Da hatte er in der Vergangenheit auch bei Vorgesetzten nicht Halt gemacht. Das hatte ihn ein paar Dienstgrade gekostet. Brose war stämmig, mittelgroß, hatte welliges, blondes Haar, blitzblaue Augen und trug immer ein freundliches Gesicht zur Schau. Er war der erfahrenste Taucher der Truppe, und Kapitänleutnant Berger traute ihm mit seinem Leben.

»Brose hat recht«, sagte Berger.

Die beiden Schlauchboote der Hansa waren, so lange es hell war, ununterbrochen im Einsatz. Jedes schleppte einen Taucher, der mit Sicht auf den Meeresgrund an einer beschwerten Leine hing. Die Schlauchbootfahrer richteten sich nach Bojen, die Berger am Anfang und Ende der jeweiligen Suchstreifen mit der Hansa gelegt hatte. Die Anzahl der grünschattierten Rechtecke auf Bergers Plot wurden zusehends mehr. Der Signäler der Hansa hatte den Auftrag, das Suchgebiet mit dem Seeglas zu überwachen, und über

Oberdeck-lautsprecher zu melden, wenn er eine rote Boje hinter einem der Schlauchboote sah. Das bedeutete einen Fund.

KptLt Berger hatte die Suchobjekte klassifiziert:

»Das kleine Zeug lassen wir liegen«, hatte er gesagt. Alles unter zehn Zentimeter Kaliber ist uninteressant. Es sei denn, da liegt ein ganzer Berg davon. Im Zweifelsfall – markieren«, hatte er ergänzt.

Nach eineinhalb Tagen visueller Suche hatten sie einen Fund. Der geschleppte Taucher war aufgetaucht und hatte eine Markierungsboje gelegt. Max Berger zog sich um, legte sein Fertig-Gas-Tauchgerät (FGT) von Dräger an und ließ sich zum Fundort fahren. Die eiskalte Januar-Ostsee schoss in seinen zehn-Millimeter-Nassanzug wie ein Bündel scharfer Nadeln, als er sich vom Schlauchboot ins Wasser ließ. Nach ein paar Metern bodenlosem Grün sah er die vertrauten Umrisse mehrerer Torpedoköpfe auf dem Meeresgrund. Grau schimmerten sie ihm entgegen. Er näherte sich und untersuchte sie genauer. Bei den meisten war die Außenhaut intakt, aber an manchen Stellen war sie durchgerottet, und man konnte den Sprengstoff sehen – von Algen grün überzogen.

»Sie liegen einzeln – nicht auf einem Haufen«, sagte er, als er wieder an Deck der Hansa stand. »Wir probieren Low Order – da, wo sie liegen. Einen nach dem anderen.«

OBtsm Leichthammer und HptBtsm Fillinger bekamen den Auftrag, die Sprengladungen fertigzumachen. Alles war schon vorbereitet, sie brauchten nur die Einzelteile zusammenzubauen.

Die Methode der sogenannten Low Order-Explosion hatte Berger in der Royal Navy gelernt. Eine sorgfältig berechnete Hohlladung wurde mit einem Dreibein aus Draht über der Wandung des Objektes fest aufgestellt. Der Abstand hing von der Dicke der Wandung ab. Bei der Zündung durchschlug diese Ladung die Objektwandung, öffnete sie und setzte den darunterliegenden, gealterten Sprengstoff in Brand. Davon war an der Wasseroberfläche, außer einem Geblubber, kaum etwas zu merken. Das klappte fast immer. Wenn nicht, gab es eine High Order-Explosion: die gesamte Ladung ging hoch. Und das konnte man weder übersehen noch überhören.

OMaat Brose sollte die erste Ladung anlegen. Gesprengt wurde elektrisch. Gezündet wurde vom Schlauchboot aus, in dem aus sicherer Entfernung die Zündmaschine betätigt wurde.

Brose tauchte ab. Er hatte die Hohlladung mit dem Dreibein in der einen Hand. Die andere brauchte er zum Druckausgleich und um die Zündleitung mit der Zündkapsel mit hinunter-zunehmen. Unter Wasser arbeitete immer nur ein Mann an der Ladung. Wenn der einen Fehler machte, war es sein eigenes Problem, und es gab nur eine Witwe.

Da waren ein paar kleine Fische im Wasser und als passionierter Angler erkannte Brose einen stattlichen Dorsch. Aber vorderhand hatte er andere Dinge im Kopf. Er befestigte das Dreibein mit der Hohlladung auf dem ersten Torpedokopf, arretierte die elektrische Zündleitung mit ein paar Gesteinsbrocken und steckte die Sprengkapsel in die Sprengstoffmasse der Hohlladung. Er prüfte alles noch einmal sorgfältig und schwamm der Wasseroberfläche entgegen.

KptLt Berger war mit dem Bereitschaftstaucher im Schlauchboot. Sie halfen Brose ins Boot und spulten die elektrische Zündleitung bis ans Ende ab. So hatten sie den nötigen Sicherheitsabstand, sollte aus der Low Order eine High Order werden. Berger schloss die beiden Enden der Zündleitung an die Zündmaschine an und spannte die Feder der Maschine.

»Alles klar?«, fragte er ins Boot. Die Taucher lagen auf der Schlauchbootwulst, um eventuelle Stöße abzufangen. Berger legte den Daumen auf den roten Knopf der Zündmaschine.

»Feuer!«, rief er und drückte den Knopf.

Schall rast mit 1.500 Meter pro Sekunde durch Seewasser. Ohne fühlbare Verzögerung machte es unter dem Schlauchboot Pitsch. Über der Stelle, wo die Torpedoköpfe lagen, erhob sich ein flacher Hügel aus mit Gasblasen gefülltem Wasser. Es rauchte, als hätte jemand unter Wasser ein Feuer entzündet. Der Dampf verzog sich, die Oberfläche glättete sich, und das Meer sah aus, als ob nichts gewesen wäre.

Unter Wasser sah es anders aus. Nachdem das elektrische Zündkabel aufgerollt war und KptLt Berger die beiden Enden, die aus dem Wasser kamen, mit einem Kopfnicken geprüft hatte, ließ er den vorgeschriebenen Zeitraum verstreichen, bevor er abtauchte. Der Einsatzleiter musste sich selbst vom Ergebnis der Sprengung überzeugen, das war Prozedere.

Das Gehäuse des Torpedokopfes lag, aufgebrochen und mit scharfkantigen Ecken, etwa einen halben Meter zur Seite geschubst. Eine sternförmige Figur war in den Grund gedrückt, als hätte jemand dem Meeresboden einen übermächtigen Stempel verpasst. Ein paar kleine tote Fische lagen kieloben auf dem Grund, und Berger fiel ein mittelgroßer Barsch auf, der sich taumelnd entfernte.

»Gut gemacht, Brose«, sagte Berger, zurück im Schlauchboot, und: »Auf zum Nächsten ...«

Auf der Hansa hatte niemand etwas von der Sprengung mitbekommen. Nur im Maschinenraum, unter der Wasserlinie, hatten die beiden Heizer, die mit Wartungsarbeiten beschäftigt waren, ein »klirrendes Geräusch« wahrgenommen, wie sie sagten. Das sollte sich bald ändern.

Kapitänleutnant Berger teilte die Taucher so ein, dass jeder von ihnen gleich zu Anfang eine Chance bekam, eine Ladung anzubringen. Wer wann an die Reihe kam, war ihm egal. Hauptbootsmann Fillinger hatte, als dienstältester Taucher, die Reihenfolge festgelegt. Auch sollte jeder Taucher seine angebrachte Ladung in Zukunft selbst zünden. Dazu waren alle ausgebildet, außer dem Hauptgefreiten Altmeier, dessen Verwendung auf das Suchen und das Anlegen einer Vernichtungsladung beschränkt war.

OBtsm Lehmann, HptGefr Altmeier und KptLt Berger legten mit dem Schlauchboot von der Hansa ab. Lehmann sollte mit dem FGT die Low Order-Ladung anlegen. Altmeier war der Bereitschaftstaucher. Er hatte ein Pressluftgerät angelegt. Berger fuhr das Boot und hielt es bei der Bezeichnungsboje für die Torpedoköpfe auf Position. Es herrschte leichter Seegang, und der Himmel war bedeckt.

Lehmann rutschte vom Rand des Schlauchbootes ins Wasser. Berger gab ihm die Hohlladung und die Sprengkapsel mit dem elektrischen Zündkabel. Nach 20 Minuten kam Lehmann an die Oberfläche und gab das O.K.-Zeichen.

Alles klar.

Sie spulten das Zündkabel ab. Alles schon viele Male praktiziert. Berger gab Lehmann die Zündmaschine. Der schloss die beiden Leitungsenden an, spannte die Feder des Zündmechanismus, fragte: »Alles klar?«, und drückte auf den Auslöseknopf.

Ein messerscharfer Knall, gefolgt von einem Schlag wie von einer Riesenfaust, erschütterte das Schlauchboot. Berger,

16

Lehmann und Altmeier krachten auf den Boden des Bootes. Bevor sie sich besinnen konnten, erscholl neben ihnen ein infernalisches Brüllen. Das Meer öffnete sich und heraus schoss eine Säule aus Wasser, Schlamm, Gestein und zappelnden Fischen. Als ob sie von unsichtbarer Kraft gehalten würde, schien die Wassermasse am höchsten Punkt einen Moment zu verharren. Dann fiel sie mit ohrenbetäubendem, rauschendem Krachen in sich zusammen. Eine meterhohe, brechende Welle wurde aufgeworfen und breitete sich rasend nach allen Seiten aus.

»Volle Deckung!«, rief Berger, als ob die Männer im Schlauchboot eine Wahl hätten. Sie wurden von Wassermassen und Gesteinsbrocken überschüttet, und als die Flutwelle sie traf, bäumte sich das Boot auf wie ein wildgewordener Hengst.

Dann war Ruhe.

HptGefr Altmeier schüttelte das Wasser und den Schlamm aus den blonden Haaren. Er war erst kürzlich von den Kampfschwimmern, dem »Sportverein«, wie Altmeier jene Kompanie nannte, zu den Minentauchern übergewechselt.

»Das war 'ne High Order«, sagte er.

Auf der Hansa waren sämtliche Glühbirnen geborsten, und die Männer der Stammbesatzung, die so etwas noch nie erlebt hatten, guckten mit großen Augen um sich.

»Det hat ja ordentlich jekrrracht«, meinte Hauptbootsmann Fiedler und seine Augen blitzten.

Nachdem KptLt Berger den routinemäßigen Check nach der Sprengung durchgeführt hatte, rief er die Taucher zusammen.

»Herumschließen!« Sie versammelten sich auf dem Achterdeck, und man konnte von dort in einiger Entfernung noch die graue Brühe an der Explosionsstelle erkennen. Da schwamm abgerissenes Seegras, und die weißen, aufgeblasenen Bäuche der toten Fische sahen aus wie kleine Eisberge.

»Das war Scheiße«, sagte Berger, »aber niemandes Schuld. Ich konnte zwar nicht viel sehen in dem aufgewirbelten Dreck da unten, aber die Torpedoköpfe liegen zu dicht zusammen. Da hat einer den anderen mitgenommen. Da sind mindestens drei hochgegangen ...«

»...drei weniger«, sagte OBtsm Leichthammer.

»Lehmann«, fragte Berger den Oberbootsmann, »wo haben Sie die Ladung angelegt ... am Rand von einem Kopf, oder in der Mitte?«

»Also, am Rand war es nicht. Aber in der Mitte auch nicht ...
ich weiß das nicht so genau.«

KptLt Berger gab keinen Kommentar.

»Diese sympathischen Sprengungen müssen wir
vermeiden«, sagte er. »Irgendwelche Ideen?«

»Als wir die Fächerbomben im Sperrgebiet hochgejagt
haben, Herr Kaleu«, sagte OMaat Brose, »waren drei Meter
Abstand zwischen den Bomben genug – aber die waren kleiner
...«

»Das Problem ist, dass die Dinger nach 25 Jahren auf dem
Grund halb eingespült sind«, sagte Berger. »Wenn wir die
voneinander trennen wollen, müssen wir sie ausspülen und
wegziehen. Das dauert zu lange und wer weiß was passiert,
wenn wir das Zeug über den Grund zerren. Bei der Luftmine
vor Timmendorfer Strand war das was anderes ...«

Im vergangenen Sommer hatten Touristen beim Schnorcheln
vor dem Kurstrand von Timmendorfer Strand eine »Tonne«
unter Wasser entdeckt, wie sie bei der Wasserschutzpolizei
gemeldet hatten. Die Polizeitaucher hatten das Objekt nicht
identifizieren können, stuften es aber als »eventuell
gefährlich« ein. KptLt Berger und ein Einsatzteam waren mit
einer Sikorsky H-34 des Marinefliegergeschwaders Kiel-
Holtenau an den Fundort geflogen und hatten die »Tonne« als
eine Luftmine mit 1.700kg Sprengladung identifiziert. Dieser
Typ hatte einen Uhrwerkszünder, der offensichtlich nicht
funktioniert hatte. Manchmal blieben die Dinger einfach
hängen. Später hatten sie mit einem Schlepper einen Rucktest
gemacht, um festzustellen, ob der Zündmechanismus durch
Bewegung ausgelöst würde. Berger hatte die Luftmine dann in
tieferes Wasser schleppen lassen und sie dort mit einer 10kg
Vernichtungsladung hochgejagt.

»Da hatten sie den ganzen Strand gesperrt und die halbe
Stadt evakuiert«, grinste OBtsm Leichthammer. OMaat
Einfeld, der mit in der Einsatzgruppe gewesen war, sagte: »Da
habe ich mir fast in die Hose geschissen, als der Zünder anfing
zu ticken ...«

»... in's Neopren«, sagte Maat Wiederholdt. Die beiden
waren die besten Freunde und immer zusammen.

Bevor die Luftmine gesprengt wurde, musste der Zünder
noch einmal mit einem Stethoskop abgehört werden. Das
Uhrwerk hatte wieder zu laufen begonnen, dann aber
gestoppt, bevor es die Zündladung aktivieren konnte.

18

»Das war damals«, sagte KptLt Berger. »Aber an die Geburtstagsfeier können wir uns alle erinnern, Einfeld ...«

Die Männer entschieden, die Torpedoköpfe zu belassen, wo sie waren. Die Hohlladungen sollten in Zukunft in solchen Winkeln angelegt werden, dass die durchschlagende Wirkung der Ladung die benachbarten Köpfe nicht traf.

»Wenn wir den Zeitfaktor in Betracht ziehen, müssen wir das Risiko einer möglichen High Order in Kauf nehmen«, sagte Berger. »Schließlich sollen die an Land auch mal merken, was wir hier machen ...«

Die restlichen Torpedoköpfe des ersten Fundes wurden alle per Low Order beseitigt. Dann wurde weiter visuell gesucht. Ohne Ergebnis. Das Wetter verschlechterte sich zusehends, und als die Unterwassersicht unter fünf Meter betrug, brach Kapitänleutnant Berger die Suche ab.

Die Hansa dampfte für ein verlängertes Wochenende in Richtung Olpenitz.

»Hat keinen Sinn«, sagte Berger zum Leitenden der Hansa. »Bei dem Seegang fahren wir uns das Material kaputt, und zu sehen ist eh nichts. Schicken Sie mir mal den Funker auf die Brücke, der Flottenchef will sicher wissen, wie es bei uns läuft.«

Die Hansa stampfte gegen den Nordwestwind an. Die Taucher waren mit Wartungsarbeiten an den Geräten beschäftigt und KptLt Berger gab dem Rudergänger einen neuen Kurs.

»Obermaat Winter, melde mich auf die Brücke!« Der Funker hatte sein Clipboard unter einen Arm geklemmt. In der anderen Hand hielt er einen Eimer.

»Na, immer noch Probleme?«, fragte der Kommandant seinen Funker.

»Immer das Gleiche, Herr Kaleu, aber wenn ich ständig Brot esse, geht's.« Der Funker stellte den Eimer auf die Gräting und zückte seinen Stift.

Berger diktierte ihm die Schiffsbewegungsmeldung und einen SITREP. Der Funker würde sie an die betreffenden Adressaten schicken.

»Machen Sie den SITREP nur für den Dienstgebrauch, Obermaat Winter«, sagte Berger.

Das Einlaufen in Olpenitz war eine unkomplizierte Angelegenheit, obgleich die Hansa nur eine Schraube hatte. Die Schwimmpiers waren so ausgerichtet, dass die schlecht manövrierbaren U-Boote und die Schnellboote mit ihren zehn Knoten Mindestfahrt lange Anlaufkurse hatten. Nach einem Kurs »auf den Dalben da vorne«, »Maschine Stopp«, und »Maschine zurück halbe«, lag die Hansa mit ihrer Backbordseite an der Pier.

Auf der Schwimmpier gab es Telefonhäuschen. Die Ortsverheirateten organisierten ihren Transport nach Hause. Berger rief seine Frau in Eckernförde ebenfalls an, nachdem er die Wachen für das Wochenende eingeteilt hatte. Da gab es ein paar lange Gesichter bei der Stammbesatzung. Aber Berger hatte noch einige disziplinarische Guthaben bei den Jungs, indem er kleinere Verstöße mit Wochenendwachen ahndete, statt formelle Strafen auszusprechen.

»Das ist ja hier echt am Arsch der Welt«, sagte OMaat Brose. Er stand an der Reling auf dem Achterdeck und musterte die wenigen Hafengebäude.

»Es gibt 'ne Kantine«, sagte Hauptgefreiter Altmeier neben ihm. »Außerdem ... der Wiederholdt kennt Gott und die Welt. Da gibt's bestimmt irgendwo erreichbar eine Party. Ich red' mal mit dem.« Altmeier ging nach vorne unter Deck.

Als die Ortsverheirateten von Bord waren, erledigte der Kommandant Papierkram. Der Leitende hatte ihm Berichte über Motorenchecks und mehrere Anforderungsformulare zur Unterschrift in die Kammer gelegt. Die Kommandantenkammer auf der Hansa bestand aus einer Koje, einem Waschbecken mit Spiegel darüber, einem Klapptisch mit Sofa für zwei Personen, einem Sessel, einem Spind und einem kleinen Geheimschrank mit Safe. Im unteren Teil des Spindes hatte sich Berger einen kleinen Kühlschrank einbauen lassen. Da hatte es bei der Werftbesprechung eine Diskussion gegeben. Die Zivilisten, die die »Kosten im Auge behalten« sollten, hatten den Kühlschrank auf der Werftliste gestrichen. Max Berger hatte ihn mit »für die Sicherheit der Taucher notwendig« verteidigt. Das hatten die Herren in Schlips und Kragen nicht gelten lassen. Erst als Berger sie aufgefordert hatte zu unterschreiben, dass, aus ihrer Sicht, der Kühlschrank für die Sicherheit der Taucher nicht notwendig wäre, hatten sie den Einbau genehmigt.

»Das machen wir jetzt immer so, Herr Kaleu«, hatte der Leitende mit einem Augenzwinkern gesagt. Und so war es. Verantwortung zu übernehmen, stand bei den Herren offensichtlich nicht in der Dienstbeschreibung.

Es klopfte. Der Leitende und der Taucherarzt standen vor der Kammertür.

»Melde mich ab«, sagte HptBtsm Fiedler.

»Gut, Leitender«, sagte Berger. »Heizerwache ... alles eingeteilt?«

»Der E-Maat hat die Wache, Herr Kaleu. Sind auf Landanschluss.«

»Dann schönes Wochenende, Hauptbootsmann Fiedler.«

»Kommen Sie rein, Doktor«, sagte Berger zum Stabsarzt. »Setzen wir uns ... tut mir leid, ist nicht viel Platz bei mir.«

»Mehr als bei mir«, sagte der Stabsarzt. In seinem kleinen Schapp neben der Druckkammer war nicht mehr als eine Koje und ein Spind.

»Ja, die Q. E. II ist das nicht gerade«, lachte Berger. »Ein Bier?«, fügte er hinzu.

Der Doktor lehnte ab. Er sei noch dabei, sich zu erholen. Die Schaukelei sei noch nie sein Ding gewesen, wie er sich ausdrückte. Der Stabsarzt war klein, eher zierlich, hatte für die Marine etwas zu lange dunkle Haare und schwarze Augen. Er lispelte, und um seine schmalen Lippen spielte ein scheinbar chronisches Lächeln. Seine Uniform schien ihm eine Nummer zu groß zu sein, und wo die neuen, zweieinhalb goldenen Ringe seine Jackettärmel offenhielten, schauten zwei dünne Handgelenke heraus.

KptLt Berger bemerkte, dass dem Stabsarzt seine Beobachtungen auffielen.

»Wie sind Sie zur Marine gekommen?«, wollte Berger wissen.

»Ich sollte gezogen werden, und da habe ich mich lieber für die SanTrupp-Laufbahn bei der Marine gemeldet. Noch ein Jahr, dann bin ich frei«, lächelte der Doktor.

Auf der Pier hupte es. Gleichzeitig klopfte der UvD an die Kammertür.

»Herr Kaleu, Ihre Frau.«

Der Stabsarzt verabschiedete sich. Berger nahm seine Mütze vom Haken und verließ die Kammer. An der Stelling winkte er ab, als der UvD Seite pfeifen wollte. Er grüßte kurz die Heckflagge und küsste seine Frau auf die Wange, als er am Steuer seines weißen Austin Healey Platz genommen hatte. Der Motor murmelte im Leerlauf vor sich hin, und als Max Berger in den ersten Gang schaltete, das Gaspedal durchtrat, und der Austin Healey sich mit röhrenden, armdicken Auspuffen und einem Satz nach vorne in Gang setzte, sagte der UvD der Hansa laut vor sich hin:

»Kaleu müsste man sein.«

Wäre der Mann ein Prophet gewesen, hätte er das nicht gesagt. Als Kapitänleutnant Berger am frühen Montagmorgen an Bord der Hansa kam, wurde er zum Stützpunktkommandeur geordert. Der war ein griesgrämiger Fregattenkapitän, der offensichtlich ein schlechtes Wochenende hinter sich hatte. Berger meldete sich bei ihm im ersten Stock des Verwaltungsgebäudes.

»Sie sind der Kommandant der ... Hansa, da ...« Er machte eine Kopfbewegung zu seinem Fenster hin, von wo man den Hafen überblicken konnte.

»Jawohl, Herr Kap'tän.«

Pause.

»Ja, ja ...«, sagte der Kommandeur. »Drei von ihren Leuten sitzen in Kappeln auf der Polizeiwache – in Gewahrsam. Die Feldjäger aus Schleswig sind auf dem Weg dahin. Das sieht nicht sonderlich gut aus, Kapitänleutnant ... einen MOVREP hatte ich von Ihnen auch nicht ...«

Max Berger machte Kehrtwendung, stürmte aus dem Raum, raste die Treppe hinunter, sah, dass seine Frau sich noch neben seinem Auto mit Hauptbootsmann Fiedler unterhielt, grüßte seinen Leitenden flüchtig, sagte seiner Frau, er sei gleich wieder da, warf sich hinters Steuer und raste los.

Als er in Kappeln auf die Polizeiwache kam, war der Beamte, der »Bescheid wusste«, gerade nicht anwesend. Berger verlangte, seine Leute zu sehen. Das sei nicht möglich, sagte ein Uniformierter, der aussah, als wäre er aus dem Wikinger-Museum Haithabu ausgerissen.

»Müssen warten«, sagte er, kaum verständlich.

Als der zuständige Polizist kam, erklärte der, dass die drei Minentaucher in einer Kneipe an der Schleibrücke Zoff gehabt hätten, wie er sich ausdrückte. Dabei sei einiges kaputtgegangen, und der Besitzer habe die Polizei alarmiert. Er habe noch keine Vernehmungen gemacht, aber die Feldjäger seien alarmiert worden und würden die drei im Laufe des Tages übernehmen.

»Sind Sie der Disziplinarvorgesetzte?«, fragte der Polizist. Er war ein altgedienter Polizeihauptmeister, der nicht weit vom Ruhestand entfernt schien.

»Ja«, log Max Berger. »Sehen Sie ...«, begann er. Er erklärte dem Polizisten, dass sie auf einem äußerst wichtigen Einsatz seien, bei dem die Taucher täglich ihr Leben aufs Spiel setzten.

»Da kommt es schon mal vor, dass da mal die Luft abgelassen werden muss«, sagte er. »Das sind meine besten Leute, und ich hätte schon längst wieder auslaufen müssen ... Sie waren doch auch mal jung ... haben Sie auch gedient?«

»Gedient?«, fragte der Polizist entrüstet. »U-Boot - vor Gibraltar versenkt und ausgestiegen - in Spanien interniert - dreimal abgehauen!« Er schniefte verächtlich durch die Nase. »... gedient!«

KptLt Berger sah sein Gegenüber erstaunt an.

»Mann!«, sagte er. »Das ist ja eine tolle Geschichte! Mein Vater war auch U-Bootfahrer. Leider ist er nicht wiedergekommen ...« Er schwieg eine Weile. »Die Sache mit meinen Leuten ...«

»Meine Schicht ist um Acht zu Ende«, sagte der Hauptmeister. Nehmen Sie die Drei und reden Sie mit dem Kneipenwirt. Wenn Sie sich mit dem einigen, vergessen wir das Ganze. Sie haben nicht viel Zeit.«

Der Rest war einfach. Der Wirt der Mausefalle wollte 300 Mark für den Schaden. Berger versprach ihm das Geld.

»Wenn Sie mal eben auf der Polizeiwache anrufen könnten ...«, sagte Berger.

Alle vier zwängten sich in den Austin Healey, und Max Berger ließ die Drei-Liter-Maschine zeigen, was sie konnte.

Nachdem KptLt Berger HptBtsm Fiedler und seiner Frau erklärt hatte, was der ganze Spuk bedeutete, und sich überzeugt hatte, dass alle vollzählig an Bord waren, ließ er seeklar machen und legte zügig rückwärts ab. Bevor er die Hansa drehte, winkte er seiner Frau auf der Pier mit seiner Russenmütze.

Als die Hansa die Olpenitzer Molenköpfe querab hatte, kam der Funker aufs Peildeck.

»Message vom Stützpunktkommandeur, Herr Kaleu. Die Hansa soll wieder einlaufen.«

»Machen wir«, sagte der Kommandant. »Später.« Er sah den Funker an. »Haben Sie schon bestätigt?«

»Nur WILCO.«

»Schalten Sie alles ab, Obermaat Winter. Wir sind abgetaucht!«

Berger ließ die drei Minentaucher aufs Peildeck kommen. Das Wetter war klar, aber kalt. Es wehte der Januar-typische leichte Wind aus Osten, und als die Hansa die letzte gelbe Tonne des Sperrgebietes Schönhagen passierte, nahm Berger Kurs aufs Einsatzgebiet.

»Ich will nichts wissen«, sagte er zu den dreien vor sich. OMaat Brose, OMaat Einfeld und Maat Wiederholdt standen vor ihm in Reihe angetreten. »Das nächste Mal lasse ich Euch hängen. Ihr wisst, wie das mit den Feldjägern läuft. Das ist kein Spaß, und ein paar Tage Bau kommen dabei immer raus – wenn ihr Glück habt.« Es schien Berger, als ob die drei Burschen vor ihm nicht besonders beeindruckt wären.

»Meine Frau hat die 300 Mark wahrscheinlich jetzt schon in der Mausefalle abgegeben. Am nächsten Ersten zahlt Ihr das zurück, verstanden!«

»Jawohl, Herr Kaleu!«

»Wenn nicht, gebe ich die Sache an den Kompaniechef ab, dann gibt es ein Disziplinarverfahren ... kennt ihr ja ...«

»... Herr Kaleu ...« OMaat Brose meldete sich zu Wort. Berger nickte. »Da waren so 'n paar Würstchen von 'nem dänischen Kümo. Die haben uns ›dreckige Nazi-Marine‹ genannt.«

Der Kommandant grinste: »Aber erst, nachdem ihr denen die Mädels ausgespannt hattet ...«

»...naja ...« Maat Wiederholdt, der Casanova der Kompanie, setzte sein Verführerlächeln auf.

»Wegtreten«, sagte Berger, und: »Ihr seid heute die ersten im Wasser.« Und dachte: »Zur Abkühlung!«

Kurz vor dem Leuchtturm Kiel lief die Hansa in eine Nebelbank. Der Nebel lag wie ein dicker Pfannkuchen auf dem Wasser. Undurchdringlich. KptLt Berger befahl den Navigationsmaat als Ausguck aufs Peildeck. Er selbst fuhr das Schiff per Radar vom Steuerstand aus. Er verminderte die Fahrt der Hansa auf sechs Knoten und ließ jede Minute einen langen Ton mit dem Nebelhorn geben. Es gab ein paar sich bewegende Kontakte auf dem Radarschirm. Schiffe, die in Ost-West-Richtung und umgekehrt fuhren. Aber Berger suchte nach seiner Radarboje, die er am Südwestrand des Suchgebietes gelegt hatte. Nach wenigen Minuten erschien sie als heller werdender Lichtpunkt auf dem Schirm, und Berger richtete den Kurs des Schiffes darauf aus. Mit dem Echolot überwachte er die Wassertiefe und ankerte die Hansa in der Nähe des zuletzt abgesuchten grün schraffierten Rechtecks auf seinem Plot, mitten auf dem Symbol in der Seekarte, das »Ankern verboten« bedeutete. Schließlich hatten sie dieses Stück schon gesäubert!

Am frühen Nachmittag lichtete sich der Nebel so weit, dass die visuelle Suche nach versenkten Kampfmitteln wieder aufgenommen werden konnte. Die Schlauchbootfahrer konnten die Orientierungsbojen wieder sehen. Berger hatte schon alles vorbereiten lassen, und die OMaate Brose und Einfeld waren die ersten Taucher im Wasser. Maat Wiederholdt war der Bereitschaftstaucher an Deck.

»30 Minuten in zehn Grad Wasser werden die schon wach machen«, sagte KptLt Berger zu HptBtsm Fillinger neben sich.

»Der Brose wird sich nie ändern«, sagte Fillinger.

»Unser bester Mann«, sagte Berger, und er konnte an Fillingers Gesichtsausdruck erkennen, dass der dachte: »Der kann machen, was er will – der Alte holt ihn immer wieder raus.«

Aus den 30 Minuten wurde nichts. Nach der halben Zeit rief der Signäler über Oberdeckslautsprecher: »Zwei rote Bojen aufgestiegen!« Zwei Funde! Arbeit für Kapitänleutnant Berger.

OMaat Brose hatte einen Sprengkörper entdeckt und markiert, und OMaat Einfeld sagte, als sein Schlauchboot an der Hansa festmachte: »Bei mir wieder Torpedoköpfe.«

Als Berger den Kopf unter Wasser hatte, fiel ihm als erstes auf, wie klar die Ostsee an diesem Tag war. Er hatte mit Einfelds Bezeichnungsboje angefangen und konnte die dünne Bojenleine fast bis auf den Grund mit den Augen verfolgen. Er blies ins Mundstück seines FGT hinein und schaltete es von Atmosphäre auf Gerät. Der stete Atemgasstrom aus den beiden Flaschen füllte den Atembeutel, und Berger schmeckte das vertraute Aroma aus Gasgemisch und Atemkalk. Der reinigte die ausgeatmete Luft zum großen Teil, sodass sie, zusammen mit einem Anteil neuen Gemisches aus den Flaschen, wieder eingeatmet werden konnte.

Einfeld hatte richtig gesehen. Auf 19 Meter Wassertiefe lagen fünf Torpedoköpfe.

»Die haben die Dinger damals in Bootsladungen verklappt«, dachte Berger. Der Meeresgrund war schlammig, und die kleinste Bewegung in Bodennähe wirbelte dermaßen viel Schlammstaub auf, dass Berger warten musste, bis sich der Dreck wieder etwas gesetzt hatte, um Gegenstände genau erkennen zu können.

Da war kein Fisch weit und breit. Einzelne Seesterne lagen wie leblos auf dem Grund. Die Torpedoköpfe waren, wie die vorherigen, halb in den Schlamm eingesunken. Der jeweils sichtbare Teil war pockennarbig und klang dünn, wenn Berger mit seinem Kampfmesser darauf herumklopfte. Er zog einen Neoprenhandschuh aus und ließ seine Finger an der Unterkante eines Gehäuses entlanggleiten.

»Wie neu«, nuschelte er in sein Mundstück. Da würden sie mit dem Abstand der Hohlladungen aufpassen müssen, dachte er.

Als er beim zweiten Fundort seine Schwimmflossen neben dem Objekt auf den Meeresgrund setzte, wusste er sofort, was es war. Die gleichmäßig zylindrische Form war unverkennbar. Die Luftmine musste um die 1.300kg Sprengstoff haben. Eine Seite war total im Grund versunken, aber die andere war im freien Wasser. Da die Mine unscharf versenkt worden war, klopfte Max Berger darauf herum, um die Gehäusestärke zu schätzen. Darin war er beim Bomb Disposal-Lehrgang bei den Engländern der Champion gewesen. Fast immer richtig. Als er an die Stelle kam, wo die Mine im Grund verschwand, entdeckte er ein Loch.

»Ha«, dachte er. »Richtig geraten. Kein Zünder«.

Langsam wurde ihm kalt, er sah auf seine Blancpain-Dienst-Taucheruhr. Alles zusammen 20 Minuten Tauchzeit. Er dachte an seine Taucher.

»30 Minuten bewegungslos geschleppt werden muss echt scheißkalt sein«, ging es ihm durch den Kopf.

»Die Wasserbomben machen wir wie folgt«, Berger hielt ein Briefing auf dem Achterdeck der Hansa. »Leichthammer, Sie machen die ersten drei, dann die beiden anderen, Sie, Fillinger. Bereitschaftstaucher ist Altmeier ... machen Sie kein Gesicht, Sie kommen schon noch zum Sprengen«, fügte er hinzu, als HptGefr Altmeier einen Flunsch zog.

Berger malte mit nassen Fingern ein paar Linien auf das Holzdeck des Schiffs. »So liegen die Köpfe«, er tupfte fünf nasse Punkte aufs Deck. »Leichthammer, Sie fangen hier an«, Berger zeigte auf einen Punkt, »und gehen dann in diese Richtung ... ein Kopf nach dem anderen.

Fillinger, bei Ihnen ist es egal, sind nur noch zwei ... sowieso. Die Luftmine, die Brose gefunden hat, mache ich. Fragen?«

Da waren keine, und nach zwei Stunden, gerade vor Dunkelheit, waren drei Torpedoköpfe mit Low Orders beseitigt.

Der Smut der Hansa hatte wieder sein Bestes geleistet, und nach dem Abendessen und der Backschaft herrschte totale Stille auf dem Boot. Nur der E-Diesel hämmerte gedämpft vor sich hin, und von Zeit zu Zeit hörte man die Schritte der Ankerwache.

»Sieht aus, als müssten sich alle vom Wochenende erholen, Leitender«, sagte der Kommandant zu seinem Maschinisten, bevor auch er sich in seine Kammer verzog.

Beim ersten Dämmerlicht am nächsten Januarmorgen beseitigten die Taucher die beiden restlichen Torpedoköpfe vom Vortag. HptBtsm Fillinger hatte die Hohlladungen angelegt und gezündet. Vorschriftsgemäß tauchte KptLt Berger und überzeugte sich, dass die Köpfe vernichtet waren.

Die Luftmine, die OMaat Brose am Vortag gefunden hatte, war Bergers Baby. HptBtsm Fillinger war noch in Neopren und kam als Bereitschaftstaucher mit ins Schlauchboot. Als Berger auf dem Grund ankam, war alles wie am Vortag. Selbst die wenigen Seesterne würden noch am selben Platz liegen, fand er. Er verkürzte den Normalabstand der Hohlladung um einen Zentimeter, um sicherzustellen, dass die Ladung die

28

Wandung der Luftmine effektiv genug durchschlagen würde. Er hatte in seiner »Bibel« nachgeschaut, um sich über die Zusammensetzung des eingesetzten Sprengstoffes zu informieren. Gewöhnlich hatten sie diese Art Minen mit einer Vernichtungsladung beseitigt. Das »Verbrennen« mit der Hohlladung war Neuland. Nachdem die Sprengkapsel angebracht und die Zündleitung abgesichert war, tauchte Berger auf.

Im Schlauchboot schloss er die Zündmaschine an und spannte deren Feder, die den Dynamo in Gang setzten würde. Bevor er den Daumen auf den Auslöseknopf legte, ging er in Gedanken noch einmal durch alle Sicherheitsvorkehrungen durch: der Abstand des Schlauchbootes sowie der Hansa zum Objekt waren okay. Alle an Bord wussten, dass es eine High Order geben könnte. HptBtsm Fillinger sah ihn an:

»Alles klar, Herr Kaleu?«, fragte er.

»Alles klar«, sagte Berger und drückte auf den roten Knopf.

Da war das vertraute, hohe Pitsch-Geräusch, gefolgt von einer großen, sich ausdehnenden Schaumfläche, die brodelte und blubbernde Geräusche machte. Nach ein paar Sekunden war es vorbei, und als der Sicherheitszeitraum verstrichen war, tauchte KptLt Berger für den routinemäßigen Check.

Die Luftmine war in zwei Teile gebrochen. Der Teil, der frei vom Grund gewesen war, lag auf der Seite, war aufgeborsten und mehr oder weniger leer. Schlammige Überreste des verbrannten Sprengstoffs waberten in den noch heißen Gehäusetrümmern herum.

Der andere Teil der Mine, der im Meeresgrund gesteckt hatte, schien unbeschädigt zu sein. Die Gehäusewandung war intakt, und die Ladung darin sah aus wie neu, fand Berger.

»Da haben wir wieder was gelernt«, sagte KptLt Berger später an Deck zu den Tauchern. »Erklären kann ich das nicht, aber in Zukunft wissen wir, dass es so passieren kann.«

»Vielleicht der Temperaturunterschied«, meinte OBtsm Leichthammer. »Im Meeresboden ist es kälter als im Wasser ...«

»Möglich«, sagte Berger. »Altmeier«, fuhr er fort. »Altmeier, jetzt ist Ihr Auftritt. Machen Sie eine 5kg-Vernichtungsladung fertig und legen sie die so an, dass der Grund eine gute Verdämmung bietet. Leichthammer, Sie haben die Aufsicht im Boot. Das sind noch schätzungsweise 100kg, die werden einen schönen Bums machen.«

Und so war es. Auf der Hansa fühlten sie die Sprengung deutlich, aber dieses Mal blieben alle Glühbirnen intakt. Das Grollen und die Säule, die sich aus 20 Meter Wassertiefe erhob, ließen jedoch vermuten, dass die 100kg unterschätzt waren.

KptLt Berger und HptBtsm Fillinger hatten die Sprengung beobachtet. »Guck dir das an«, sagte der sonst schweigsame Hauptbootsmann. Als die Wassersäule zusammenfiel, baute sich erwartungsgemäß eine Welle auf. OBtsm Leichthammer steuerte das Schlauchboot an den obersten Punkt der Welle heran, drehte scharf ab, gab Vollgas und kam die Welle mit atemberaubender Geschwindigkeit heruntergerast. HptGefr Altmeier stand vorn im Boot, die Bugleine in einer Hand. Er hatte das FGT noch auf dem Rücken, jubelte aus vollem Halse und wedelte mit der freien Hand in der Luft herum. Der Stabsarzt hatte die Sprengung vom Peildeck aus beobachtet. Er kam schließlich aufs Achterdeck.

»Da würde ich gerne mal mitfahren«, sagte er.

Das Wetter war gnädig in den nächsten Tagen. Es war meist sonnig. Die Taucher konnten sich nach den zähneklappernden 30-Minuten-Ritten auf dem Schleppseil an Oberdeck beinahe aufwärmen. Das Suchgebiet schien sich dem Hauptversenkungsareal zu nähern. Kapitänleutnant Berger und sein Team fanden und vernichteten täglich ein Sortiment an versenkter Munition. Das Plot auf dem Navigationstisch der Hansa zeigte schwere Artilleriegeschosse, Seeminen, Luftminen, und natürlich waren Torpedoköpfe in der Überzahl. Und, ebenfalls natürlich, gab es eine Anzahl High Orders.

»Warum jagen wir das Zeug nicht gleich hoch?«, fragte OBtsm Lehmann. »Dann sparen wir uns den ganzen Firlefanz mit den Hohlladungen.«

»Gute Idee«, sagte HptGefr Altmeier. »Dann komme ich öfter dran.«

»So einfach ist das nicht«, sagte KptLt Berger. Er hatte sein Neoprenoberteil gegen den weißen Rollkragenpullover getauscht. »Unser Auftrag lautet ... jetzt mal wörtlich: ›Beseitigung von Kampfmitteln unter Ausnutzung aller zum Schutz der Umwelt bekannten Methoden‹.« Er sah OBtsm Lehmann direkt an. »Und da kommen die stand-off Hohlladungen ins Spiel.« Berger machte eine lakonische Handbewegung.

»Aber«, sagte er dann, »an ein paar lumpigen High Orders sollte sich wohl niemand stören.«

Da hatte sich Kapitänleutnant Max Berger geirrt.

Knapp drei Seemeilen von der letzten High Order-Explosion entfernt, wurde an Land gebaut. In der Nähe von Wendtorf entstand eine neue Marina mit komplexen Hotelanlagen. Die sollte bis zur Olympiade fertig werden. Die meisten hohen Gebäude standen schon im Rohbau da.

Auf der Baustelle bekamen einige Leute Kopfschmerzen. Die Baufirma hatte von den Rechtsanwälten der Bauherren ein paar eingeschriebene Briefe erhalten. Neben den üblichen Androhungen hoher Strafgebühren bei verspäteter Fertigstellung des Projektes, drückten die Briefe massive Besorgnis über die Qualität der fertigen Rohbauten aus. Der Kunde verlangte eine Projektbegehung.

Alle Teilnehmer trugen gelbe Helme und hatten Gummistiefel bekommen, obwohl das Wetter trocken war. Der Himmel war fast wolkenlos, und die Baustelle schien vor Aktivität zu vibrieren. Kräne schwangen ihren langen Hals, Kolonnen von schweren Lastkraftwagen brachten Baumaterial, überall wieselten Arbeiter in Blaumännern und Helmen herum, und in der Entfernung ratterten Planierraupen über die sandige Küstenerde.

»Da kommt der Hafen für kleine Yachten hin«, sagte der Architekt. Er hatte einen riesigen Plan ausgebreitet, der an einer Seite von einem Assistenten gehalten wurde. Der Architekt deutete abwechselnd mit seinem Zeigefinger vom Plan auf den Küstenstreifen.

»Die Raupen planieren jetzt, dann baggern wir aus«, erklärte er.

»Wir baggern aus«, sagte ein kräftiger Kerl mit tiefer Stimme neben dem Architekten. Er war der Bauunternehmer und überragte alle Anwesenden um mindestens einen Kopf.

»Wir wollen mal die Rohbauten ansehen«, sagte eine dickliche Frau mittleren Alters mit hellrot angemaltem Mund. Sie war die Sprecherin der Gruppe der Kunden.

Der Architekt rollte seinen Plan zusammen. Der große Bauunternehmer führte an.

»Das sind die Blocks mit den Eigentumswohnungen«, erklärte der Architekt wieder, als die Gruppe am ersten

Rohbau angekommen war. Die Leute mussten über schmale Bohlen ins Innere balancieren, und der Assistent des Architekten half der Frau. Es roch nach Zement und die Luft fühlte sich klamm an in dem neuen Gebäude. Die Kunden inspizierten die Treppenhäuser, die Aufzugsschächte, die Decken und die Fußböden. An einer Wand blieb die Frau stehen. Sie zeigte auf einen dünnen Riss.

»Was ist das?«, fragte sie.

Der Riss zog sich im Zickzack fast diagonal nach oben bis an die Betondecke. Wie ein mit einem Bleistift aufgemalter, ausgefächerter Blitz. Alle begutachteten den Riss.

»Mal sehen, wie weit das geht«, sagte die Frau und begann, die rohe Treppe hinaufzusteigen. Durch ein Rechteck in der Decke gelangte sie ins nächste Stockwerk.

»Vorsicht«, sagte der Bauunternehmer und warnte die Frau vor der Gefahr, über die Kante in die Tiefe zu stürzen. »Da ist noch kein Geländer.«

»Das sehe ich auch«, sagte die Frau. »Ich sehe auch, dass der Riss immer weiter nach oben geht. Da wird er auch breiter.« Sie zeigte auf eine Stelle unter der Decke.

Sie stiegen weiter auf. In der nächsten Etage war der Riss noch da.

»Das kann nicht sein!« Der Bauunternehmer war ehrlich entrüstet. Das konnte man ihm ansehen. »Warten Sie hier«, sagte er und stieg die Treppe weiter hinauf.

»Da ist nichts mehr«, sagte er, als er wieder bei den anderen war. »Aber erklären kann ich mir das nicht.« Er schüttelte mehrfach den Kopf.

»Das ist schlechte Arbeit«, sagte die Frau. Und: »Das wird Konsequenzen nach sich ziehen.«

»Fundament?«, wolle einer der Umstehenden wissen.

»Überdimensioniert«, sagte der Architekt.

»Unsere Statiker haben das auch gesagt«, sagte der Bauunternehmer.

Im nächsten Gebäude, ebenfalls ein Apartmentblock, konnten sie nichts finden. Aber dann, genau in Linie mit dem ersten Gebäude, entdeckten sie wieder Risse. Noch länger und noch breiter.

Je näher die Gruppe mit den gelben Helmen und den Gummistiefeln zum Meer hinkam, desto zahlreicher und breiter waren die Risse in fast allen Rohbauten, die sie anschauten.

»Da bin ich platt«, schnaubte der Bauunternehmer. »Vor ein paar Tagen waren die noch nicht da.«

»Naja«, sagte die dickliche Frau. »Ich bin zwar kein Baumensch, aber das sieht mir nicht nach Qualitätsarbeit aus. Da muss ein fundamentales Problem vorliegen. Bei fast allen ...«, sie ließ den Satz unvollendet und ihren roten Mund offen.

Sie stiegen die Treppen des dem Meer am nächsten liegenden Gebäudes hinauf, um zu sehen, wie weit die Risse da hinaufgingen. Im obersten Stockwerk standen sie auf einem halbfertigen Balkon. Von dort gab es einen herrlichen Blick über die winterliche Ostsee. Weit draußen fuhren Handelsschiffe, und näher zum Land hin entdeckten sie ein Kriegsschiff der deutschen Marine. Das ankerte dort.

Sie fühlten es alle.

Ein sanfter Ruck ging durch das Gebäude.

Die dickliche Frau reagierte zuerst. Doch bevor sie etwas sagen konnte, sahen die auf dem Balkon Versammelten, wie sich in geringer Entfernung von dem Marineschiff eine Wassersäule aus dem Meer erhob. Sie stieg mit zerfetztem oberem Rand in den klaren Himmel, verweilte einen Moment an der höchsten Stelle, und fiel dann in sich zusammen, einen grau-gischtigen Fleck hinterlassend.

Ein paar Tage später, um die Mittagszeit, bekam die Hansa im Einsatzgebiet vor Stein Besuch. Kapitänleutnant Berger war unter Wasser. Er kontrollierte die letzten Detonationsorte. Als er auf die Hansa kam, sagte HptBtsm Fiedler: »Herr Kaleu, da war ein Hubschrauber hier. Er kommt wieder. Sie sollen zum Flottenchef nach Glücksburg. Der Funker hat mit dem Piloten geredet.«

Berger ließ den Funker kommen.

»Obermaat Winter, was ist das mit Glücksburg?«, fragte der Kommandant.

»Der Pilot hat gesagt, er soll Sie nach Glücksburg zum Flottenchef fliegen, Herr Kaleu. Er dreht noch eine Runde, dann kommt er wieder und holt Sie ab.« OMaat Winter zuckte mit den Schultern. »Mehr hat er nicht gesagt, Herr Kaleu.«

»Kein Funkspruch oder sowas?«

»Nichts, Herr Kaleu.«

Kapitänleutnant Berger ordnete Wartungsarbeiten an den Tauchgeräten an für die Dauer seiner Abwesenheit.

»Sie warten mit dem Tauchen, bis ich wieder da bin, Fillinger«, befahl er dem dienstältesten Taucher. »Hauptbootsmann Fiedler vertritt mich auf dem Boot.«

Berger hatte sich kaum umgezogen, als er das »Ratatat« des Hubschraubers hörte. Er schwebte über dem Achterdeck der Hansa ein. Aus etwa zehn Meter Höhe wurde das Seil herabgelassen. Es war fast windstill, und das Seil kam mehr oder weniger senkrecht herunter. Die Rotoren des Hubschraubers verursachten einen Sturm auf dem Schiff. Berger ergriff den Gurt am Ende des Seils und schnallte ihn unter den Armen um die Brust. Das hatten sie schon tausendmal gemacht, aber immer im Wasser. Liegend.

»Gibt für alles ein erstes Mal«, sagte sich Berger, als der Windenmann im Chopper ihn nach oben winschte. Als er im Hubschrauber saß, und der Pilot ihm vom höher gelegenen Cockpit aus zur Begrüßung den O.K.-Daumen zeigte, merkte Berger, dass er seine Mütze vergessen hatte.

KptLt Berger hatte eine Viertelstunde im Vorzimmer warten müssen, bis er von einem Korvettenkapitän ins Büro des

35

höchsten Offiziers der zur See fahrenden Bundesmarine gewinkt wurde. Ihm war fast schwindlig geworden von der Flut der Kolbenringe, die in der kurzen Zeit an ihm vorbeigewirbelt war. Mit seinen zweieinhalb mickrigen Ärmelstreifen war er sich ziemlich fehl am Platz vorgekommen.

Der Flottenchef war ein Vizeadmiral, der bekannt dafür war, nicht viel Aufhebens über unwichtige Dinge zu machen. Er war groß und schlank, und die Autorität, die er ausstrahlte, war fast physisch fühlbar. Er hatte ein schmales, freundliches Gesicht mit buschigen Augenbrauen. Um seine dunklen Augen und den schmalen Mund spielte ein Lächeln. Er hatte leicht gewellte, zurückgekämmte Haare mit einem Scheitel. Er streckte Berger die Hand hin, nachdem der Kapitänleutnant sich bei ihm gemeldet hatte.

»Setzen Sie sich, Berger«, sagte er und deutete auf den Sessel vor seinem Schreibtisch. An der Bürowand hinter dem Admiral hingen mehrere, im Stil identische Aquarelle, die Szenen historischer Seeschlachten zeigten. Berger wunderte sich flüchtig, ob der Flottenchef selbst der Künstler sei. Der Schreibtisch war außer drei Telefonen, einer Aktenablage und einem Bilderrahmen, von dem Berger nur den Rücken sah, leer.

»Problem«, begann der Admiral. »Ich habe Ihre SITREPS gelesen. Die Sache liegt mir sehr am Herzen. Hier können wir mal zeigen, wozu wir fähig sind. Ich weiß, dass Sie da einen höllischen Job vor sich haben. Ich bin selber Minenmann.« Er machte eine Pause. »Flottillenchef 46. Minensuchflottille 1943, Minenräumdienst Nordsee 1945, Kommandant, Flottillenchef, dreimal durch Minentreffer abgesoffen, von den Engländern als einziger deutscher Kriegsmarineoffizier dekoriert«, sagte Berger.

Der Flottenchef sah Berger direkt in die Augen. Berger hielt dem Blick stand.

»Die Sache läuft über die höchste Ebene«, sagte der Admiral, ohne auf Bergers Kommentar einzugehen. »Der Ministerpräsident von Schleswig-Holstein hat über den Verteidigungsminister den Generalinspekteur der Bundeswehr darüber informiert, dass die Marine im Bau befindliche Anlagen von größter wirtschaftlicher Bedeutung fahrlässig zerstört.« Er sah den Kapitänleutnant vor sich herausfordernd an. Max Berger schwieg. Da würde mehr kommen.

»Wenige Meilen entfernt von wo sie operieren wird eine Marina gebaut. Die soll das größte Bootszentrum in Schleswig-Holstein werden. Mit mehreren Yachtbecken, Hotel- und Wohnkomplexen, Restaurants, und so weiter. Die Anleger machen Ärger, indem sie den Bauunternehmern Luschigkeit vorwerfen. Dabei haben die Bauunternehmer festgestellt, dass sämtliche neu erstellten Gebäude gefährliche Risse aufzeigen. Diese Risse, Kapitänleutnant Berger, haben Sie verursacht.« Der Admiral machte eine Handbewegung, die keinen Kommentar gestattete.

»Wir alle wissen, dass Ihre Aufgabe da schwierig ist. Ich sage Ihnen aufrichtig, dass ich mir nicht vorstellen kann, wie Sie das schaffen wollen. Da liegen viele Tonnen von dem Zeug, und niemand weiß genau, wo und was. Jetzt sagen Sie mir mal, wie Sie da überhaupt arbeiten.« Der Flottenchef lehnte sich in seinem Sessel zurück.

»Herr Admiral«, begann Berger und informierte den Flottenchef über die Suchmethoden und die Technik, die er von der Royal Navy mitgebracht hatte, alten Sprengstoff mit einer Hohlladung zu verbrennen, statt ihn zu detonieren. Der Admiral wollte alle Einzelheiten genau wissen, und Berger hatte den Eindruck, dass der Mann vor ihm mit großem Interesse zuhörte.

»Das ist ja erstaunlich«, sagte der Flottenchef.

»Allerdings klappt das nicht immer, Herr Admiral«, sagte Berger. »Wir reden von Low Orders und High Orders.«

Der Admiral nickte. Berger fuhr fort: »Die größten High Orders bis jetzt waren im Bereich von 1.000kg TNT – eine Tonne.«

»Das ist das Problem«, sagte der Flottenchef. Er sah auf seine Armbanduhr. »Das Gebiet muss geräumt werden«, er hob die Stimme, und Berger konnte spüren, dass der Mann auch anders konnte als »nett«. »Ich werde dem Verteidigungsminister melden, dass ihre High Orders, wie Sie das nennen, in dieser Nähe zum Baugebiet in Zukunft nicht mehr auftreten werden. Wie – das ist Ihr Problem. Alles Gute. Wegtreten.«

Kapitänleutnant Berger stand von seinem Sessel auf, salutierte und drehte sich zur Tür.

»Äh, Kapitänleutnant«, sagte der Vizeadmiral, »ich würde mir mal 'ne Mütze besorgen.«

Max Berger hatte nur eins im Kopf: »Wie – das ist Ihr Problem«. Er dachte: »Du kannst mich mal!«, und machte die Tür von außen etwas lauter zu.

Auf dem Rückweg zur Hansa konnte der infernale Krach im Hubschrauber nicht groß genug sein. Der letzte Satz des Flottenchefs kam Berger immer wieder in den Kopf: »Wie – das ist Ihr Problem«. Außer dem Windenmann war KptLt Berger der einzige im hinteren Abteil der sich schüttelnden und rüttelnden Maschine. Er hatte eine Abneigung gegen diese Dinger. Zu viele sich bewegende Teile, hatte ihm einmal ein Freund, der Starfighter-Pilot war, gesagt. Bergers Abneigung lag auch daran, dass er schon dreimal mit diesen Kaffeemühlen, wie er sie nannte, runtergekommen war. Ein Sprung in die Ostsee bei Feuer im Triebwerk und eine Notlandung im Munitionsdepot Jägersberg, ebenfalls bei brennendem Motor, trugen mit Sicherheit zu seiner Einstellung bei. Da hatten die Wachen auf sie geschossen. Sie waren eine Gruppe von Tauchern gewesen, unterwegs zu einem Spezialeinsatz. Alle in schwarzem Neopren und mit Tarn-Make-up. Sie hatten hinter allem Möglichen und Unmöglichen Deckung gesucht, bis sie die Wachen hatten überzeugen können, dass sie kein RAF-Kommando waren, das die Absicht hegte, das Munitionsdepot zu überfallen.

Kapitänleutnant Berger hielt ein Briefing auf dem Achterdeck der Hansa. Alle Taucher und ein Teil der Schiffsbesatzung waren anwesend. Der Himmel hatte sich bezogen. Trotz der Windstille lief eine leichte Dünung. Die Hansa rollte ein paar Grad nach beiden Seiten.

»Der Flottenchef hat gesagt«, begann er, »›Wie – das ist Ihr Problem‹!«

Da war nicht viel Verständnis in den Augen der Umstehenden zu erkennen. »Es geht um Folgendes«, sagte KptLt Berger. Er erklärte die Sache mit den Rissen in den Neubauten an Land. Dass sie mit ihren High Orders sogar den Verteidigungsminister beeindruckt hätten, und dass es in Zukunft absolut keine High Orders mehr geben dürfe.

»Wie das denn«, sagte OMaat Brose. »Das kann jederzeit passieren.«

»Die da oben haben keine Ahnung, was wir hier machen«, sagte Maat Wiederholdt. »Die sollten mal ...«

»... der Flottenchef hat Ahnung«, unterbrach Berger. Er erklärte seinen Leuten, was der Vizeadmiral gemacht hatte, bevor er Flottenchef wurde. »Sein Problem ist«, fuhr Berger fort, dass er den höheren Dienststellen gegenüber verantwortlich dafür ist, was wir hier fabrizieren.«

»Vielleicht will er ja auch noch Inspekteur werden«, sagte OBtsm Leichthammer.

»Das bringt alles nichts«, sagte KptLt Berger. »Ich habe mir überlegt, was die einzige Lösung für das Problem ist. Aber zuvor will ich von euch hören, ob es da Vorschläge gibt. Schließlich sitzen wir alle im gleichen Boot.«

»Wo sonst«, sagte OMaat Brose, und da gab es Gelächter.

Der Leitende der Hansa meldete sich zu Wort: »Herr Kaleu, ... wenn die Dinger hier nicht gesprengt werden dürfen, dann müssen sie woanders gesprengt werden. Weiter weg.«

»Unmöglich«, sagte Brose.

»Jedes einzelne Teil unter Wasser verschleppen ...?«

»Ja – wie denn?«

»Geht überhaupt nicht ...« Alle redeten durcheinander.

»Herhören!« KptLt Berger verschaffte sich Aufmerksamkeit. »HptBtsm Fiedler hat aus meiner Sicht die richtige Idee. Die

Dinger dürfen wir nicht mehr als Low Orders behandeln. Um sie zu beseitigen, müssen wir sie woanders hinbringen und dort hochjagen.«

OBtsm Leichthammer hob die Hand.

»Moment, Leichthammer«, sagte Kaleu Berger. »Ich habe alles überlegt. Wegzerren – das haben wir schon gemacht, und wissen, dass das eine teuflische Sache sein kann. Wir haben hier steinigen Grund, die Objekte sind teilweise instabil wegen der halb durchgerotteten Gehäuse, und so weiter ... ja, Leichthammer?«

OBtsm Leichthammer trat einen Schritt vor. »Herr Kaleu, warum laden wir die Torpedoköpfe und das andere Zeug nicht einfach auf, fahren alles raus ins tiefe Wasser, versenken es wieder und jagen es da hoch. Fertig ist die Sache.« Er sah seine Kameraden an.

»Mann oh Mann!«, sagte OMaat Brose. »Erinnert euch an den Klein, wie es den bei Schönhagen aufgestellt hat. Der hatte sich immer damit gebrüstet, die Hedgehogs auf einen Haufen zu werfen und dann hochzujagen ... bis eine sich dann nicht werfen lassen wollte – und BUMMM!« OMaat Brose warf die Arme in die Höhe.

»Wirf mal eine Luftmine mit 1.500kg ...«, sagte jemand aus der Gruppe.

Kapitänleutnant Berger hob die Hände. »Hört zu«, sagte er und erklärte seine Entscheidung. Der Flottenchef habe gesagt, »wie – das ist Ihr Problem«, und so müssten sie die Sache angehen.

»Wir sind hier alleine, und ich muss entscheiden, was wir machen werden«, sagte er. »Leichthammer hat genau das gesagt, was ich denke: Heben, wegfahren, versenken, sprengen. Wie wir das machen, ist eine Frage des Experimentierens.«

Am nächsten Morgen, so sagte Berger, würden sie den ersten Test machen. Es seien noch drei oder vier Torpedoköpfe gekennzeichnet. Sie würden einen davon heben, auf das Achterdeck packen und abwarten, was passiert. Dann würden sie weitersehen.

In der Abenddämmerung begann es leise zu schneien. Beim Abendessen war es auf der Hansa ruhiger als sonst. Nur der Leitende war wie immer guter Dinge und unterhielt den Stabsarzt und den Kommandanten mit ein paar gepfefferten ostpreußischen Anekdoten.

In dieser Nacht schlief Kapitänleutnant Berger schlecht. Das lag nicht am leichten Rollen seines Schiffes vor Anker. Es lag auch nicht daran, dass die Ankerwache ihn zweimal geweckt hatte, weil irgend so ein Idiot auf einem Privatboot unbedingt zweimal durch das Sperrgebiet fahren wollte. Berger schlief schlecht, weil er nicht sicher war, die richtige Entscheidung getroffen zu haben. Einen alten Torpedokopf, der über 25 Jahre friedlich in 20 Meter Wassertiefe auf dem Meeresgrund geschlummert hatte, aus seiner Umgebung zu reißen und an Deck eines Schiffes zu zerren, hatte noch niemals jemand vor ihm versucht. Aber was sonst sollte er tun? »Befehl ist Befehl«, sagte er sich, auch wenn der »Befehl« nur vorschrieb: »Wie – das ist Ihr Problem«. Er würde schon das Richtige tun, dachte er und erinnerte sich an seinen alten Wahlspruch: »Gute Nacht, ihr lieben Sorgen, leckt mich am Arsch, bis morgen!«

Mit diesen Gedanken schlief Max Berger ein und träumte, wie er bei strahlender Wintersonne mit seiner zweijährigen Tochter zwischen den Knien auf einem Schlitten bei Kiekut an der Eckernförder Bucht in einer Fichtenschneise im tiefen Schnee den Berg hinuntersauste.

Nach Frühstück und Reinschiff schickte KptLt Berger zwei Taucher los. HptBtsm Fillinger fuhr das Schlauchboot und hatte die Aufsicht. Die OMaaten Brose und Einfeld waren die Taucher. Sie hatten den Auftrag, eine Hanftauschlinge um einen Torpedokopf zu legen und das Ende des schwimmenden Taus an der Wasseroberfläche an einer Boje festzumachen.

Der Plan war, dass die Hansa sich dann über diese Stelle legte, und den Torpedokopf auf das Achterdeck winschte. Es hatte aufgehört zu schneien, und das bisschen liegengebliebener Schnee wurde schnell von der wärmer werdenden Sonne vom Schiff gesaugt.

OMaat Einfeld taucht mit einem Ende der schwimmenden Leine ab. Der Torpedokopf liegt auf 17 Meter Wassertiefe. Das Meer ist trübe, und die Sicht ist schlecht. OMaat Einfeld hangelt sich an der Leine der Bezeichnungsboje nach unten. Den Torpedokopf sieht er im letzten Moment, bevor er auf dem Grund ankommt. Er atmet langsam und konzentriert, hört, wie die Luftperlen in seinem Nacken aus dem FGT spärlich herausblubbern. Er hat keine Probleme mit Druckausgleich. Nie gehabt. Schlucken reicht bei ihm, damit es in den Ohren knackt. Er sucht eine passende Stelle, wo er das Tauende unter dem Torpedokopf hindurchschieben kann. Der Boden ist hart, unter einer Schlammschicht, und der Torpedokopf ist mehr als halb im Meeresgrund versackt. OMaat Einfeld versucht mehrere Stellen. Es ist überall das Gleiche. Das Tau lässt sich nicht unter den Kopf schieben. Mit seinen Bewegungen hat der Taucher den losen Schlamm aufgewirbelt. Keine Sicht mehr. OMaat Einfeld zieht einen Neoprenhandschuh aus, damit er besser fühlen kann, wo es vielleicht eine weichere Stelle gibt, um das Seil unter dem Torpedokopf hindurchzubekommen. Er findet nichts. Er klemmt das Ende des Taus unter einem Rand des Kopfes fest. Er taucht auf.

»Geht nicht!«, ruft er aus dem Wasser zum Schlauchboot hinüber. »Der Grund ist zu hart!«

»Brose«, sagt HptBtsm Fillinger. »Geh, hilf dem Einfeld.« Nachdem Brose ins Wasser gegangen ist, reicht er ihm den Kuhfuß, den sie für alle Fälle mitgenommen haben.

Beide Taucher tauchen ab. OMaat Brose sinkt schnell mit dem schweren Kuhfuß in der Hand. Er hat die Leine der Bezeichnungsboje für einen Moment aus den Augen verloren, aber als er nach oben schaut, sieht er durch das grau-grüne Gegenlicht, wie OMaat Einfeld auf ihn zukommt. Zusammen schwimmen beide zum Torpedokopf.

Der Schlammstaub hat sich ein wenig gesetzt, aber wenn sich die Taucher durch Zeichen verständigen wollen, müssen sie zentimeternah aneinander sein. OMaat Brose versucht, mit dem Kuhfuß den Grund unter dem Torpedokopf zu lockern. Das ist schwierig mit den Schwimmflossen an den Füßen. »Das ist Arbeit für einen Helmtaucher«, denkt er. Jedes Mal, wenn er das Brecheisen in den Grund stößt, schiebt er sich um die gleiche Distanz von seiner Arbeit weg.

Er probiert etwas anderes. Er versucht, den Torpedokopf mit dem Brecheisen an einer Seite anzuheben. Er wuchtet den Kuhfuß unter den Rand des Kopfes, und beide Taucher probieren, ihn anzuheben. Keinen Millimeter!

Brose tippt Einfeld auf die Schulter. Er zieht ihn an sich heran, schaltet das Mundstück seines Atemschlauches auf Atmosphäre, nimmt es aus dem Mund, bringt sein Gesicht nahe an Einfelds Ohr und schreit etwas hinein. Ein Außenstehender hätte nicht die geringste Ahnung, was das Blubbern zu bedeuten hätte, aber die beiden Taucher können sich nach langer Erfahrung so verständigen.

42

OMaat Einfeld nickt heftig mit dem Kopf. Brose bläst sein Mundstück aus und schaltet es um auf Gerät. Beide schwimmen auf die andere Seite des Torpedokopfes. OMaat Brose zeigt auf eine Stelle. Da scheint der Boden weicher zu sein. Er rammt den Kuhfuß hinein. Der Boden gibt nach. Der Kuhfuß verschwindet fast ganz. OMaat Einfeld legt sich neben den Sprengkörper und kratzt den gelösten Schlamm weg. Tiefer und tiefer kommt er mit dem Arm unter den Torpedokopf. Er bedeutet Brose zu fühlen, ob es reicht. Als beide die Arme unter dem Sprengkörper haben, passiert es.

Der Torpedokopf sackt weg.

Er klemmt die beiden Arme der Taucher ein.

Beide ziehen und zerren. Nichts bewegt sich. 400 Kilogramm halten sie fest. Die Taucher liegen voneinander abgewandt auf der Seite. Einer mit dem linken, der andere mit dem rechten Arm unter dem Torpedokopf.

Beide haben die gleiche Reaktion: stillhalten.

OMaat Brose kann sein Finimeter erreichen: 125 Bar Flaschendruck. »Einfeld muss bei etwa 80 sein«, denkt er. Und: »Kein Bereitschaftstaucher.«

Hauptbootsmann Fillinger sitzt auf der Schlauchbootwulst. Er hat Ölzeug an und eine Pudelmütze auf dem Kopf. Die Wärme der Sonne ist ihm gerade recht. Er denkt an seinen bevorstehenden Urlaub. Seit Jahren verbringt er seine Ferien auf einer Tauchbasis im Roten Meer. Er hat die Tauchlehrerprüfung beim VDST abgelegt und wird dadurch sogar für seinen Urlaub bezahlt. Ist zwar noch keine Saison da unten, aber es gibt immer Taucher, die während der Schnäppchenzeit dorthin fahren. Da er Junggeselle ist, kann er da auch mal richtig »die Sau rauslassen«, wie das andere nennen würden. Er hat dafür seine eigenen Bezeichnungen. Er schaut auf seine Diensttaucheruhr.

Kapitänleutnant Berger steht an Deck der Hansa. Auch er schaut auf seine Blancpain-Taucheruhr. »Lange«, denkt er, steigt auf das Peildeck der Hansa und setzt sein Seeglas an die Augen. Hauptbootsmann Fillinger steht im Schlauchboot. Er beugt sich über die Seite und sieht ins Wasser. Dann guckt er hoch, zum Schiff. Dann beugt er sich wieder über den Rand des Schlauchbootes. Er richtet sich auf und guckt wieder zur Hansa. KptLt Berger macht ein Zeichen mit dem Arm. Er sieht, wie HptBtsm Fillinger darauf reagiert. Er deutet nach unten. Ins Wasser.

Berger bemerkt, dass im Schlauchboot der Bereitschaftstaucher fehlt. Er steigt vom Peildeck, ruft: »Leichthammer, Wiederholdt, Altmeier!«, in Richtung Mannschaftsdeck, eilt auf das Achterdeck und zieht sich um in Neopren. Die drei gerufenen Taucher tun das Gleiche. Sie werfen einen Blick hinüber auf das Schlauchboot mit HptBtsm Fillinger. Sie verstehen, und Berger sagt mit erzwungener Ruhe: »Altmeier, Sie fahren das Schlauchboot. Leichthammer, Wiederholdt, nehmt auch Pressluftgeräte. Beeilt euch!«

Altmeier macht das zweite Schlauchboot fertig, bringt es zur Taucherplattform am Heck. Inzwischen sind die drei Taucher fertig ausgerüstet. Der Stabsarzt beobachtet die Männer. Er kommt näher und fragt: »Kann ich helfen?«

»Sagen Sie dem Leitenden, er soll die Druckkammer fertig machen, Doktor. Die Große«, fügt er hinzu, und dann sind sie auch schon im Schlauchboot und legen ab.

»Die sind beide unten«, sagt HptBtsm Fillinger, als beide Schlauchboote nebeneinander liegen.

»Herr Kaleu ...«, will Fillinger weiterreden.

»Später«, sagt KptLt Berger, und: »Ich gehe checken.« Er hält seine Maske, lässt sich rückwärts vom Schlauchboot ins Wasser rollen, findet die Leine der Bezeichnungsboje und taucht ab.

Als Berger abgetaucht ist, fragt OBtsm Leichthammer:
»Was ist los?«

»Einfeld ist raufgekommen und hat gesagt, der Boden ist zu hart. Da habe ich Brose mit dem Brecheisen runtergeschickt. Das war vor 20 Minuten.« HptBtsm Fillinger deutet auf seine Uhr.

»Scheiße«, sagt Maat Wiederholdt.

KptLt Berger taucht neben dem Schlauchboot auf. Er nimmt das Mundstück seines Dräger-Doppelschlauchautomaten aus dem Mund und sagt: »Sind beide nebeneinander eingeklemmt. Unter dem Torpedokopf.« Er schwingt sich auf den Rand des Schlauchbootes. »Brose ist auf 100 Bar und Einfeld auf 60. Sie sind sonst okay.« Er dreht sich in das Boot, zieht die Flossen von den Füßen und legt das Doppelflaschengerät ab.

Max Berger gibt seine Anweisungen, steigt in HptBtsm Fillingers Boot, und beide fahren zur Hansa. Berger bespricht sich kurz mit Hauptbootsmann Fiedler. Während sie Anker-auf gehen, machen die Heizer Feuerlöschschläuche an Oberdeck klar und prüfen die Hochdruckpumpe.

Noch in Neopren fährt KptLt Berger die Hansa an das zurückgelassene Schlauchboot heran, ruft zu Leichthammer hinunter und teilt ihm mit, wo er den Anker des Schiffes hinlegen will. Leichthammer geht ins Wasser, schwimmt an die bezeichnete Stelle, taucht ab und ist nach wenigen Minuten wieder an der Oberfläche.

»Alles klar!«, er macht das O.K.-Zeichen. Keine Munition auf dem Grund.

Berger fährt die Hansa vorsichtig, Meter für Meter, nach vorn. Der Schmadding steht vorne auf dem Deck und gibt Zeichen, wie weit der Bug von Leichthammer entfernt ist. Er zeigt schließlich das Stopp-Zeichen, der Anker fällt.

KptLt Berger lässt die Hansa mit dem Wind so weit zurücksacken, dass sie neben dem Schlauchboot bei der Bezeichnungsboje zur Ruhe kommt. Alle wissen, was zu machen ist. Das haben sie schon viele Male praktiziert. Aber Taucher haben sie noch nie freigespült.

Auf dem Meeresgrund zittern Brose und Einfeld um die Wette. So kalt war ihnen noch nie. Trotzdem versuchen sie so sparsam wie möglich zu atmen. Training ist alles. Zu Anfang sind beide nervös, da sie wissen, dass da kein Bereitschaftstaucher mehr ist. Als dann der »Alte«, wie sie Kapitänleutnant Berger unter sich nennen, erscheint, werden sie relaxter. Sie hören die Maschine und die Schraube der Hansa über sich. Sie hören auch, wie der Anker ins Wasser klatscht und die Kette rasselt. Sie wissen, dass man versuchen wird, ihre eingeklemmten Arme mit Wasserdruck freizuspülen.

Kapitänleutnant Berger befiehlt zwei Seeleute in HptBtsm Fillingers Schlauchboot. Sie sollen den Feuerlöschschlauch mit dem Strahlrohr zum Schlauchboot über den beiden Tauchern bringen. Zwei Heizer geben ihnen die Rollen mit dem aufgerollten Schlauch ins Boot. Berger steht mit einem Handmegafon auf dem Peildeck.

»Lehmann!«, ruft er den letzten freien Taucher. »Machen sie zwo FGTs fertig ... auf Stand-by!« Er beobachtet, wie HptBtsm

45

Fillinger die Rolle Schlauch mit dem Strahlrohr in das andere Boot gibt. OBtsm Leichthammer und Maat Wiederholdt lassen die Düse ins Wasser und schließen die zweite Rolle Schlauch an. Das Ende davon geben sie Fillinger. Die dritte Rolle wird angeschlossen, und Fillinger kommt zurück zur Hansa. Die Heizer des Schiffes schließen den Schlauch am Pumpenausgang an.

»Taucher ins Wasser!«, ruft KptLt Berger durch das Megafon rüber zum Schlauchboot an der Bezeichnungsboje. Dann schickt er HptBtsm Fillinger in die Mitte zwischen der Hansa und dem zweiten Schlauchboot, um den Schlauch aufzubojen. Er wartet auf das Signal vom Grund: Wenn die Taucher an der Leine rucken, taucht die Boje kurz ins Wasser ein.

Zweimal meint »alles klar«.

Viermal »Operation anhalten«.

OBtsm Leichthammer und Maat Wiederholdt checken als erstes die Taucher, als sie auf dem Grund ankommen. Beide haben noch genügend Atemgas in ihren Geräten, aber die Kälte macht ihnen zu schaffen. Einfeld ist grau im Gesicht und er zittert wie Espenlaub. Trotzdem grinst er, als er seinen besten Freund Wiederholdt erkennt. Der gibt Zeichen, dass sie spülen werden. Die Sicht beträgt durch die Bewegungen der Taucher fast null, und die Orientierung wird immer schwieriger. OBtsm Leichthammer bringt sich mit dem Strahlrohr in Position. Er schiebt es zwischen die Taucher. Der weggespülte Schlamm soll auf die Gegenseite des Torpedokopfes geschleudert werden. Er gibt Maat Wiederholdt das O.K.-Zeichen. Der ergreift die Bojenleine, ruckt zweimal kräftig und stemmt sich gegen Leichthammers FGT. Beide Taucher wissen, was gleich geschehen wird.

Auf der Hansa ruft KptLt Berger »Wasser, Marsch!« in Richtung Achterdeck und lässt OBtsm Lehmann sich fertig machen zum Tauchen. Man weiß nie. Der Schmadding überprüft, dass der Weg von der Taucherleiter zur Druckkammer frei von Hindernissen ist. Er stellt einen Seemann als Wache auf. »Nicht mal ein Bonbonpapier darf da liegen!«, sagt er zu dem Mann.

Der Stabsarzt steht neben dem Druckkammereingang und HptBtsm Fiedler hat schon die Heizung der Sechsmann-Kammer eingeschaltet.

46

Als die Feuerlöschpumpe den Schlauch füllt, bäumt er sich auf. Lose Buchten, die an Deck gelegen haben, springen in kreisförmige, pralle Positionen, die sich auf dem Achterdeck herumschieben, bis sie ausgeglichen liegenbleiben. Die Bewegungen setzen sich über die beiden Schlauchboote fort, bis sie am Strahlrohrventil in 17 Meter Tiefe zur Ruhe kommen.

OBtsm Leichthammer spürt im Schlauch den Schlag, auf den er sich vorbereitet hat. Er presst das Strahlrohr mit aller Kraft in den Spalt zwischen Meeresgrund und Torpedokopf. Nur so kann er das Aufbäumen des Wasserschlauches zähmen. Die beiden eingeklemmten Taucher fühlt er neben sich. Vorsichtig – weise aus Erfahrung – öffnet er das Strahlrohrventil Millimeter um Millimeter. Er fühlt die Kraft, mit der das Rohr versucht ihn wegzuschieben; in die Gegenrichtung des heraustretenden Wasserstrahls. Sein Oberkörper hat Kontakt zum Gehäuse des Torpedokopfes. Das ist sein Maßstab. Nur so kann er messen, ob sich das Strahlrohr einen Weg durch den harten Boden spülen kann. Er öffnet das Ventil weiter, trotzt dem gesteigerten Schub, richtet das Rohr abwechselnd weiter nach links, dann weiter nach rechts. Er muss aufpassen, damit er die Arme seiner Kameraden nicht mit dem Hochdruckstrahl erwischt. Schwierig in Null-Sicht-Verhältnissen.

Die beiden eingeklemmten Taucher spüren das strömende Wasser. Es ist wärmer als die Umgebung. Trotz der fast gefühllosen Hände bemerken sie Schlammstücke und kleine Steine vorüberschießen. Zeitweise trifft der Strahl die Hände, die Unterarme direkt. Der Druck von dem Torpedokopf wird geringer. Beide Taucher können es fühlen. Omaat Brose versucht als erster, seinen Arm freizubekommen. Er zerrt, versucht mit seitlichen Bewegungen lose zu kommen. Er kann die Finger der eingeklemmten Hand bewegen. Er spürt in seinen Armmuskeln, dass sich die Finger rühren, aber die Finger selbst haben kein Gefühl. Dann wird der Druck auf den Arm plötzlich stärker. Der Torpedokopf sackt tiefer.

OBtsm Leichthammer und Maat Wiederholdt haben es beide ebenfalls gespürt. Statt die Arme der beiden Taucher auszuspülen, spülen sie den Torpedokopf weiter in den Schlamm hinein. Leichthammer legt den Ventilhebel des

Strahlrohres um. Er gibt Wiederholdt ein Zeichen. Der sucht die Bojenleine und ruckt viermal.

»Wasser Halt«, ruft KptLt Berger vom Peildeck. Die Pumpe auf dem Achterdeck stoppt. Berger sieht, dass ein Taucher auftaucht. HptGefr Altmeier ruft etwas zu HptBtsm Fillinger im zweiten Schlauchboot. »Ersatzgeräte!«, ruft Fillinger, startet den Außenborder seines Bootes und kommt zur Hansa. Die beiden Seeleute führen den drucklosen Feuerlöschschlauch. Die fertigen FGTs werden ins Schlauchboot geladen. OBtsm Lehmann steigt zu. Beim zweiten Schlauchboot angekommen, übernimmt Wiederholdt ein FGT. Er taucht damit ab. Der Zeiger des Finimeters seines Freundes ist weit im roten Bereich. Wiederholdt hatte es schon vorher gesehen, aber geglaubt, dass sie die beiden eingeklemmten Taucher schnell freibekommen würden. Obwohl sie mit einer Mischung von 60 Prozent Sauerstoff tauchen und fast drei Stunden Atemgasvorrat haben sollen, ist es knapp geworden.

Er bugsiert das neue Gerät neben seinen liegenden Freund und hält ihm das Mundstück mit dem Doppelschlauch hin. OMaat Einfeld kapiert zu Anfang nicht, was das soll. Erst, als Wiederholdt das »Keine-Luft-Signal« macht, holt Einfeld tief Luft, schaltet sein Mundstück mit der freien Hand um und nimmt das andere. Nach ein paar Atemzügen gibt er das O.K.-Signal. Mühsam nimmt Wiederholdt seinem Freund das verbrauchte Gerät ab. Er wurschtelt ihm das neue auf den Rücken, aber den Tragegurt kann er nur auf einer Seite festziehen. Wiederholdt kontrolliert den Atemgasvorrat von Brose. Der ist noch im grünen Bereich. Er legt das leere Gerät zur Seite, verständigt sich mit OBtsm Leichthammer am Feuerlöschstrahlrohr und ruckt zweimal an der Bojenleine.

Der Rest ging schneller als gedacht. OBtsm Leichthammer richtete den Wasserstrahl erst unter einen eingeklemmten Arm, dann unter den anderen, als der erste frei war. Die beiden Taucher konnten allein auftauchen, waren aber dermaßen unterkühlt, dass sie ins Schlauchboot gezogen werden mussten. Obwohl nach den Austauchtabellen keine Dekompressions-stopps notwendig waren, ordnete KptLt Berger Druckkammer-dekompression an. Er fuhr die Kammer selbst. Die beiden Taucher wurden mit Tempo auf 30 Meter Tiefe gefahren und anschließend langsam auf zehn Meter gebracht. Von dort an gab es reinen Sauerstoff, und nach berechneten Stopps bei sechs und drei Meter wurde die Kammer drucklos gemacht. Der Stabsarzt hatte anfänglich gezögert, mit in die Druckkammer zu gehen. Berger schob ihn kurzerhand hinein.

»Dazu sind Sie an Bord«, hatte er gesagt.

Bevor die Vorreiber der schweren Druckkammertüren aufgingen, untersuchte der Doktor die beiden Taucher. Sie saßen in der spärlich eingerichteten, klinisch weißen Kammer auf den seitlichen Bänken. Die Sauerstoffmasken hatten sie noch auf dem Gesicht.

»Soweit ich sehen kann, keine ernsten Verletzungen«, sagte der Stabsarzt durch die Sprechanalage zu den draußen Wartenden.

KptLt Berger öffnete die Kammerschleusentür und trat gebeugt in die Hauptkammer ein. Beide Taucher waren noch in die Wärmeschutzfolien gehüllt. In der Kammer war es sommerlich warm. Trotzdem zitterte OMaat Einfeld immer noch. Brose hatte sich schneller erholt.

»Ein bisschen Speck auf den Rippen hilft«, meinte er, obgleich ihm nicht zum Lachen zumute war. Er verzog das Gesicht vor Schmerzen und schüttelte seine Hände und Füße. Das Blut strömte zurück in die nahezu abgestorbenen Gliedmaßen. Das tat verdammt weh.

»Was meinen Sie, Doktor, müssen wir die beiden ausfliegen?«, wollte Berger wissen.

»Dazu sehe ich im Moment keinen Grund«, sagte der Stabsarzt. »Alles bewegt sich ... außer ein paar Blutergüssen kann ich nichts finden. Die sollten ein paar Tage nicht tauchen ... das ist alles, was ich im Moment sagen kann.«

Während sich Kapitänleutnant Berger HptBtsm Fillinger vornahm, klarte die Besatzung der Hansa das Achterdeck auf. Die Feuerlöschschläuche blieben an Deck. Berger ließ das Schiff liegen, wo es lag. Er hatte Hauptbootsmann Fillinger in seine Kammer geordert.

»Sie wissen, Fillinger, seit wir die Blobs nicht mehr benutzen, muss da immer ein Bereitschaftstaucher sein.« Berger sah ihn ernst an. Eine »Blob« war eine leichte, längliche, aufpumpbare Boje. Der Taucher führte sie mittels einer dünnen Leine mit sich zur Wasseroberfläche. Die Blob diente als Kommunikations-mittel. Bei Sprengungen und Umgang mit gefährlichen Objekten jedoch wurden die »Blobs« weggelassen.

»Herr Kaleu, aber der Bereitschaftstaucher soll ja einspringen, wenn er gebraucht wird ...«

»Nee, Fillinger. Der Bereitschaftstaucher ist Sicherheitstaucher und nichts anderes. Jetzt versuchen Sie nicht, sich da rauszureden. Wir sind hier beide alleine, niemand hört zu. Also: es ist nochmal glimpflich abgegangen, es hätte schlimmer sein können. Sie, als dienstältester Taucher, nehmen jetzt alle Taucher und machen eine Belehrung: von jetzt an und ab sofort heißt der Bereitschaftstaucher Sicherheitstaucher. Wenn ein weiterer Taucher in einer bestimmten Situation benötigt wird, muss das ein anderer Taucher übernehmen.«

»Oder der Sicherheitstaucher wird von einem anderen ersetzt«, meinte HptBtsm Fillinger.

»Ganz und gar nein«, sagte KptLt Berger. »Der Sicherheitstaucher bleibt Sicherheitstaucher. Der kann das jeweils einen ganzen Tag lang sein, und er taucht nur in einer Notsituation. Basta.«

»Jawohl, Herr Kaleu.«

Kapitänleutnant Berger hatte noch drei Taucher für diesen Tag. OBtsm Leichthammer und Maat Wiederholdt hatten genug für den Tag, und die OMaaten Brose und Einfeld standen erst einmal nicht zur Verfügung. Er wusste, dass das Flottenkommando einen SITREP erwartete, aber er wollte erst einen Torpedokopf an Deck nehmen. Es war zwar heute schiefgelaufen, aber der Tag war noch nicht zu Ende. Jetzt wussten sie zumindest, wie man an die Sache herangehen musste.

»Fillinger und Lehmann tauchen FGT und Altmeier ist Sicherheitstaucher – Pressluft«, sagte Berger später auf dem Achterdeck. »Ich fahre das Schlauchboot.« Er ging mit Absicht nicht auf den Vorfall mit Brose und Einfeld ein.

»Sie lockern den Schlamm um den Torpedokopf mit dem Wasserstrahl auf. Ungefähr in der Mitte versuchen Sie so viel wie möglich von dem Dreck wegzuspülen. Dann kommen Sie hoch, nehmen den Tampen und legen ihn an dieser Stelle um den Kopf herum. Das Ende durch das gespleißte Auge ... Sie wissen ...«, Berger steckte seinen ausgestreckten Zeigefinger durch das Loch, das er mit Zeigefinger und Daumen der anderen Hand machte. HptGefr Altmeier lachte. »Das Ende bringen Sie rauf«, schloss Berger.

So wurde es gemacht. HptBtsm Fillinger und OBtsm Lehmann tauchten ab. Fillinger führte das Strahlrohr. Die Nachmittagssonne ließ das Ostseewasser durchsichtiger erscheinen, und sie konnten den Torpedokopf nach wenigen Metern schon sehen. Verglichen mit dessen Umgebung sah er ziemlich bearbeitet aus, fand Fillinger. Als er auf dem Grund neben dem Kopf ankam, war OBtsm Lehmann noch nicht da. Fillinger sah ihn weit über sich im freien Wasser. Er wartete eine Minute, dann legte er das Strahlrohr neben den Torpedokopf und schwamm hoch zu OBtsm Lehmann.

Lehmann zeigte auf seine Ohren. Er bekäme keinen Druckausgleich. Fillinger machte das Zeichen »Abtauchen« und ließ sich sinken. Meter für Meter folgte Lehmann. Fillinger schüttelte den Kopf.

Als OBtsm Lehmann endlich auf dem Grund war, hielt er sich in einiger Entfernung zum Torpedokopf. HptBtsm Fillinger winkte ihn zu sich heran. Zögernd kam Lehmann angeschwommen. Fillinger bedeutete ihm, sich hinter ihn zu stellen, um ihn zu stützen. Dann ergriff er die Leine der Bezeichnungsboje neben sich und ruckte zweimal.

»Wasser, Marsch!«, rief Berger hinüber zur Hansa. Dieses Mal hatten sie den Feuerlöschschlauch mit viel Lose gleich neben dem Schiff auf den Grund gelegt, damit für die Hansa noch genügend Platz zum Schwojen war. Nach wenigen Minuten stieg eine schlammige Brühe an die Oberfläche, wo Bergers Schlauchboot lag. Sand, Schlamm und abgerissenes Seegras wurden hochgespült. Als die Boje viermal kurz abtauchte, ließ KptLt Berger das Wasser abstellen: »Wasser, Halt!«

HptBtsm Fillingers Kopf tauchte aus der grauen Brühe auf.

»Den Tampen!«, rief er.

Berger und HptGefr Altmeier gaben ihm das gespleißte Auge der schwimmenden Leine und warfen die Lose so ins Wasser, wie Fillinger abtauchte. Nach ein paar Minuten wurde ihnen das Ende des Taus aus den Händen gezogen. Es verschwand in der Tiefe.

HptBtsm Fillinger und OBtsm Lehmann tauchten mit dem Tauende nach wenigen Minuten zusammen auf.

»Das Strahlrohr liegt klar auf der Seite«, sagte Fillinger. »Die können den Schlauch einholen.«

KptLt Berger holte die Lose aus dem Schwimmtau und befestigte eine mitgebrachte Boje mit Stopperstek und kurzer

Leine genau an dieser Stelle und eine zweite Boje am Tauende. Der geringe Tidenhub in der Ostsee bereitete ihm kein Kopfzerbrechen. Dann half er den Tauchern ins Schlauchboot, nahm die Bezeichnungsboje ein und fuhr zum nahen Schiff.

Das Verlegen der Hansa an eine neue Position, damit das Heck so genau wie möglich über dem Torpedokopf lag, dauerte fast zwei Stunden. HptBtsm Fillinger bot sich an, nochmal zu tauchen, um eine munitionsfreie Stelle für den Anker der Hansa zu finden. KptLt Berger wertete das als Wiedergutmachung.

Da sich das Tageslicht seinem Ende näherte, entschied KptLt Berger, das Heben des Torpedokopfes erst für den kommenden Morgen einzuplanen.

»Hier können wir aber nicht liegen bleiben, Herr Kaleu«, sagte OBtsm Lehmann, als sie alle Stationen für die Nacht aufklarten.

»Wieso nicht, Lehmann?«, wollte Max Berger wissen.

»Na, wir liegen genau über 320kg TNT, Herr Kaleu!«

»Das weiß ich auch ... und? Das Ding ist nicht scharf ... da ist nicht einmal ein Zünder eingebaut.«

Lehmann ereiferte sich: »Trotzdem, Herr Kaleu, das ist zu gefährlich ... zu gefährlich ...«

»Der Oberbootsmann Lehmann sollte vielleicht ausgetauscht werden, Herr Kaleu«, sagte Hauptbootsmann Fiedler beim Abendessen in der Messe. Der Backschafter hatte den Tisch für drei Personen gedeckt und die Schüsseln mit dem Essen aufgetragen. Die Messe grenzte an die Backbordaußenwand des Schiffes. Der offene Zugang geschah vom Mittelgang der Hansa. An der Außenwand gab es ein Bullauge, durch das das letzte Abendlicht hereinfiel.

»Wieso?«, fragte der Stabsarzt.

»Ich habe überhört, wie er mit der Besatzung redet«, sagte Hauptbootsmann Fiedler. »Tut mir leid, Herr Kaleu ... ich weiß, es ist nicht meine Angelegenheit, aber ich denke, Sie sollten das wissen.«

»Was sagt er denn, Leitender?«, fragte Berger und häufte Steak und ein paar Pommes Frites auf seine Gabel.

»Naja ... er sagt, der Einsatz hätte abgelehnt werden müssen, dann wäre das Segelgebiet für die Olympiade umgelegt worden«, sagte Hauptbootsmann Fiedler. »Es sei für alle viel zu gefährlich ... nicht nur für die Taucher, sondern auch für die gesamte Bootsbesatzung, und so weiter.«

»Hmmm«, machte der Kommandant.

Der Backschafter kam nachsehen, ob er noch etwas bringen sollte.

»Haben die Taucher fertig gegessen?«, fragte Berger den Mann.

»Gerade fertig, Herr Kaleu.«

KptLt Berger schickte den Mann hinunter ins Mannschaftsdeck, um OBtsm Lehmann zu wahrschauen.

»Oberbootsmann Lehmann, melde mich zur Stelle.« Lehmann salutierte und stand still.

»Rührt euch«, sagte Berger beiläufig und legte das Besteck neben seinen Teller. Normalerweise sind die Taucher unter sich nicht so formell, und Berger fragte sich einen Moment lang, ob der Oberbootsmann ihn verarschen wollte. Aber als er Lehmanns Augen sah, verwarf er diese Idee. Der OBtsm Lehmann war mittelgroß, untersetzt, hatte mittellange braune Haare, die er, noch feucht vom Duschen, glatt zurückgekämmt hatte. Er zog wie immer den Kopf zwischen die Schultern, und seine dunklen Augen flitzten zwischen den in der Messe Anwesenden unruhig hin und her.

Berger saß am Kopfende des Tisches. Er hatte den Mann geradewegs quer vor sich.

»Lehmann«, sagte er. »Ich befehle Ihnen, sofort mit der Demoralisierung der Leute aufzuhören. Sie reden da einen Haufen dummes Zeug, von dem Sie keine Ahnung haben. Wenn ich noch das kleinste bisschen von dem Unfug höre, lasse ich Sie festnehmen und im Kettenkasten einsperren, bis wir mit dem Job hier fertig sind, und dann gibt es ein Disziplinarverfahren wegen Meuterei. Ich will jetzt auch nichts von Ihnen hören. Wegtreten!« Berger nahm sein Besteck und aß weiter, als ob nichts gewesen wäre.

»Was machen Ihre Patienten, Doktor?«, fragte er nach einer Weile.

»Da gibt es keine Probleme. Das hätte ich Ihnen schon gesagt.«

»Der Brose ist eisenhart«, sagte HptBtsm Fiedler.

»Der Einfeld hat sich auch gut erholt«, sagte der Doktor. »Bei beiden wird es eine Weile dauern, bis die Blutergüsse an den Armen verschwunden sind.«

»Wie sieht es da eigentlich psychisch aus«, wollte der Leitende wissen.

»Der Brose war schon in gefährlicheren Situationen«, sagte KptLt Berger. »Und Einfeld ist auch stabil. Ich glaube nicht, dass es da Probleme gibt. Der hat nicht mal nach dem Einsatz vor Timmendorfer Strand einen Seelendoktor gebraucht ... wann können die beiden wieder tauchen, Doktor?«

Der Backschafter kam und fragte, ob er abbacken könne. Alle reichten ihre Teller über den Tisch.

»Ich denke, übermorgen können die beiden wieder tauchen«, sagte der Stabsarzt, entschuldigte sich und stand auf.

KptLt Berger ließ sich vom Funker noch den Wetterbericht geben, sah sich den Wachplan für die Ankerwache an und verzog sich anschließend in seine Kammer. Er hatte sich vom Navigationsmaat das Schiffstagebuch geben lassen. Er trug den Vorfall mit OMaat Brose und OMaat Einfeld mit allen Einzelheiten in das Logbuch ein. Das Betragen des Oberbootsmannes Lehmann erwähnte er nicht.

Ausnahmsweise war das Wetter der Vorhersage des Vortages gefolgt. Als die Sonne aufging, flaute der Wind, der sich in der zweiten Nachthälfte erhoben hatte, auf zwei Windstärken ab, und der leichte Seegang mit den vereinzelten Schaumkronen wurde schnell flacher.

»Die Stunde der Wahrheit«, sagte KptLt Berger beim Frühstück zum Leitenden der Hansa. »Was zieht unsere Winde eigentlich?«

»Dreizehn Tonnen, Herr Kaleu.«

»Und was hält der Davit am Heck?«

»Nicht ganz so viel ... ich muss nachgucken, Herr Kaleu.« HptBtsm Fiedler wollte aufstehen.

»... können Sie mir nachher sagen, Leitender«, sagte Berger.

Ohne die Hauptmaschine zu starten, ließ der Kommandant der Hansa das Schiff wieder auf die Position neben dem aufgebojten Schwimmtau sacken. Am Vorabend hatte er noch eine Kettenlänge einholen lassen, damit das Schiff sich weder mit dem Ruder noch mit der Schraube im Tau verfangen würde. Der Leitende kam auf das Peildeck.

»Herr Kaleu, der Davit am Heck kann fünf Tonnen nehmen, und die Blöcke da drin auch«, sagte er.

»Okay, dann haben wir da kein Problem«, sagte KptLt Berger. Er ließ HptBtsm Fillinger auf das Peildeck kommen, und die drei verständigten sich, wie sie das Heben des Torpedokopfes angehen wollten. Fillinger bestimmte Altmeier zum Sicherheitstaucher für den ganzen Tag. Er schickte auf Befehl Bergers Maat Wiederholdt hinunter zum Torpedokopf,

54

um sicherzustellen, dass das Schwimmtau noch fest am Sprengkörper anlag.

»Ich hab' den Tampen noch mal festgezogen«, sagte Wiederholdt, als er wieder auf dem Deck stand.

Die Taucherplattform am Heck wurde eingenommen. Ein Seemann der Stammbesatzung der Hansa angelte das lose Ende des Hebetaus mit einem Bootshaken. Es wurde durch die Blöcke im Heckdavit geführt und auf den Spillkopf der Winde auf dem Achterdeck gelegt. Das Schiff rollte leicht in der Dünung.

»Drei Törns«, sagte Berger, »und das Ende auf dem Poller hier belegen.« Er zeigte auf einen Poller in der Diagonalen zum Spillkopf. Der Schmadding der Hansa handhabte das Hebetau. Er würde die jeweilige Lose über den Poller rausholen und die Leine belegen, wenn er den Befehl dazu bekam. Der Leitende fuhr die Winde, und der E-Maat hatte eigens für diese Operation den zweiten E-Diesel des Schiffes angeworfen.

Es hatte aufgeklart, und die Sonne wärmte das Achterdeck. Die Spannung auf der Hansa stieg von Minute zu Minute. Kapitänleutnant Max Berger wusste, was auf dem Spiel stand, und obwohl sie nicht darüber gesprochen hatten, spürte jeder Mann an Bord, dass die nächsten Minuten seine letzten sein könnten. Aber an der Oberfläche war alles »business as usual«, und Berger empfand Stolz und Genugtuung, dass seine Männer so konzentriert arbeiteten. Zusätzlich zu den Tauchern befand sich die gesamte Besatzung des Minentaucherbootes Hansa an Oberdeck. Der Signäler hatte auf Befehl des Kommandanten die größte Flagge BRAVO gesetzt, und Berger hatte alle Stationen für »Feuer im Schiff« besetzen lassen. Wofür auch immer das gut sei, hatte er vor sich hingemurmelt.

»Einfeld, machen Sie die Calypso klar«, sagte Berger. »Vergessen Sie bloß nicht, einen Film einzulegen.« Alle Taucher waren an der Unterwasserfotokamera ausgebildet. KptLt Berger stellte sich in Position. Er musste vom Leitenden an der Winde und vom Schmadding am Tauende gesehen werden können. Außerdem musste er das Hebetau hinter dem Heck beobachten.

Auf Befehl des Kommandanten holt HptBtsm Fiedler mit der Winde die Lose aus der dicken Leine. Langsam dreht der Spillkopf und langsam holt der Schmadding am Poller die Lose durch. Berger beobachtet die Leine hinter dem Heck der Hansa. Er macht mit dem erhobenen Zeigefinger langsame, kreisförmige Bewegungen. »Lass die Winde langsam drehen«, heißt das. Als das Hebetau steif kommt, stoppt Berger die Winde und lässt den Schmadding die Ankerkette um ein paar Meter einholen, bis das Hebetau vom Heck frei ist.

»Okay, Leitender«, sagt Berger, und der Spillkopf beginnt wieder zu drehen. Der Schmadding holt die Lose durch. Das Tau beginnt sich zu strecken. Nahezu eine halbe Tonne Gewicht sitzt auf dem Meeresgrund und wirkt auf das Schiff wie ein Heckanker. Die Hansa schwojt nicht mehr. Das Tau beginnt zu knacken, und die Blöcke im Heckdavit knarzen mit jeder Umdrehung. KptLt Berger gibt das Zeichen, die Winde zu stoppen. Der Schmadding belegt das Tau auf dem Poller.

»Das ist gespannt wie eine Gitarrensaite«, sagt Berger. »Alle Mann hinter die Winde«, ruft er. Und: »Falls die Leine bricht.«

Die Leine bricht nicht. Die flache Dünung der Ostsee hebt und senkt das Schiff jeweils um ein paar Handbreit. Das genügt, um den Torpedokopf in der Tiefe zu lockern.

»Jetzt kommt er«, sagt Berger, als die Spannung des Hebetaus fühlbar geringer wird. Er lässt den ausgestreckten Zeigefinger wieder kreisen. Langsam erst, dann schneller. Stetig holt die Winde die Leine aus dem Wasser. Seewasserpfützen bilden sich unter dem Heckdavit und dem Spillkopf. KptLt Berger lässt zwei lose Schlingen um das Hebetau legen. Damit soll der Torpedokopf geführt werden, wenn er aus dem Wasser kommt.

»Der darf nirgends anschlagen«, sagt der Kommandant. Je ein Mann steht an den kurzen Führungsleinen bereit.

Der Torpedokopf ist zu sehen. Er ist nur noch wenige Meter unter Wasser. Sein Umriss wird immer deutlicher. OMaat Einfeld beugt sich mit der Calypso über das Heck.

»Bitte recht freundlich«, sagt er.

Als der Kopf aus dem Wasser kommt, stoppt Berger die Winde. Er verteilt die Männer mit den Führungsleinen auf dem Achterdeck. Dann ruft er den kräftigen OMaat Brose zum Davit.

»Brose, Sie schwingen den Kopf über die Backbordseite an Deck ... zügig, aber nicht schnell ...« Er lässt den Kopf weiter anheben, dann gibt er den Befehl zum Drehen des Heckdavits.

56

Brose dreht am Handrad des Davits. Die Männer führen die Last, damit sie nicht ins Schwingen gerät.

Als sich der Heckdavit mittschiffs befindet, gibt Berger das Zeichen zum Fieren. Langsam dreht der Spillkopf in die Gegenrichtung. Der Schmadding schrickt das Hebetau am Poller.

Mit einem kaum hörbaren »Klong« setzt der Torpedokopf auf den Aluminiumplatten des Achterdecks der Hansa auf. Die Taucher sind erstaunt, wie viel kleiner der Torpedokopf an Deck ist, als er unter Wasser erschien. Berger und der Leitende untersuchen ihn. Er hat sich beim Heben in der Schlinge gedreht. An einer Seite ist das Gehäuse aufgeplatzt, man kann den Sprengstoff sehen. Grau-grün. Wasser läuft aus dem Gehäuse an Deck. Braunes Wasser.

»Einfeld!«, ruft KptLt Berger, »hier, machen Sie ein paar Bilder von der Seite.« Er zeigt auf den Sprengstoff hinter dem aufgeplatzten Gehäuse.

Die Taucher stehen um den Kopf herum. Jeder hat etwas zu sagen. Der Teil des Gehäuses, der im Schlamm begraben war, ist fast wie neu. Kein Bewuchs, keine Pockennarben, keine Korrosion. OBtsm Leichthammer, der aus der Metallverarbeitung kommt, gibt fachmännische Kommentare ab.

»Hier«, sagt er und zeigt auf eine Schweißnaht, »hier hat die Korrosion angefangen. Das Stück muss im freien Wasser gelegen haben. Von hier wird's dünn ... Herr Kaleu!«, ruft er. Und nochmal lauter: »Herr Kaleu!«

KptLt Berger beugt sich zu OBtsm Leichthammer hinunter.

»Da«, sagt Leichthammer und zeigt auf den Sprengstoff, der durch das aufgeplatzte Gehäuse sichtbar ist.

Aus dem TNT blubbert es. Kleine Bläschen perlen heraus und erscheinen im Sonnenlicht wie vielfarbige Diamanten, bevor sie mit kaum hörbarem Platschen platzen.

»Gas«, denkt Berger laut. »Luft kann es nicht sein ... woher denn, da unten ... Druckunterschied ... dann hätte es da unten auch gasen müssen ...« Er hört das Klackgeräusch der Calypso-Kamera neben seinem Ohr und zuckt zusammen.

»Nur die Calypso«, sagt OMaat Einfeld und grinst.

Die Blasen aus dem TNT werden mehr. Sie kommen von verschiedenen Stellen, und es sieht aus, als ob es tief innendrin im Torpedokopf irgendwo brodelt und sich die Blasen einen Weg nach außen suchen müssen.

»Verflixter Schiet«, sagt Hauptbootsmann Fiedler. »So was hab' ich noch nie gesehen.«

»Mal abwarten, ob es mehr wird«, sagt KptLt Berger. »Alles bleibt wie es ist, Leitender, damit wir das Ding gleich wieder versenken können, wenn es sein muss ...«

Er ruft HptBtsm Fillinger, OBtsm Lehmann, OMaat Brose zu sich. OBtsm Leichthammer ist schon da.

»Ihr habt ja alle den Disposal-Lehrgang in Holland gemacht«, sagt Berger. »Irgendwelche Ideen?«

»Sprengen – aber nicht hier«, sagt HptBtsm Fillinger.

»Moment warten ... wenn's schlimmer wird, versenken«, sagt OMaat Brose.

OBtsm Leichthammer sagt: »Mich wundert, warum das Ding aufgeplatzt ist ...«

»Wo iss'n der Lehmann?«, fragt HptBtsm Fiedler. Er schickt einen Heizer los, den Oberbootsmann suchen.

»Also warten wir ein bisschen«, sagt KptLt Berger.

Das Wetter ist nach wie vor stabil. Zu mild für Januar. Die Sonne wärmt die Aluminiumplatten des Achterdecks. OBtsm Leichthammer zieht seinen dicken Pullover aus.

»Na«, sagt OMaat Brose, »Muffe ...?«

Der Heizer kommt atemlos zurück: »Der Oberbootsmann Lehmann ist auf der Back, Herr Hauptbootsmann«, sagt er.

»Was macht er da?«

»Er steht vorne an der Gösch ...« sagt der Heizer und zuckt mit den Schultern.

Die umstehenden Taucher lachen, aber lustig hört sich das nicht an.

»Sagen Sie ihm, der Kommandant hat gesagt, so weit kann er auf diesem Schiff überhaupt nicht wegrennen, damit ihm nichts passiert, wenn dieses Ding hier hochgeht!«, sagt Berger zu dem Mann. Und zu den anderen: »Wir lassen alle Stationen besetzt und sehen, was passiert. Einfeld, los, mach weiter Fotos ...«

Nach zehn Minuten ist der gesamte Sprengstoff mit dicken Blasen überzogen. Er sieht aus wie Froschlaich.

Nach weiteren 15 Minuten bilden sich an der aufgeplatzten Stelle winzige weiße Wölkchen. Einfeld macht unentwegt Fotos. HptBtsm Fiedler bückt sich und fühlt das Gehäuse des Torpedokopfes.

»Warm«, sagt er.

Nach weiteren zehn Minuten bückt er sich wieder.

»Wird heiß«, sagt er.

Der Kommandant bückt sich und fühlt die Außenhaut des Torpedokopfes an mehreren Stellen. Der Rauch wird mehr.

»Scheiße«, sagt Kapitänleutnant Max Berger. Er blickt um sich. Da ist kein Auge auf seinem Schiff, das nicht auf ihn gerichtet ist.

»Versenken«, sagt er ruhig. Und: »Langsam ... ganz langsam ...«

Sie ließen den heißen Torpedokopf in die Ostsee sinken wie ein rohes Ei. Alle warteten auf ein Zischen, als der Sprengstoff das Wasser berührte. So, wie man einen Klotz Natrium in Wasser taucht.

Es zischte nicht. Langsam verschwand der Torpedokopf dorthin, wo er hergekommen war. KptLt Berger ließ eine Boje am Ende des Hebetaus befestigen. Vorsichtshalber ging die Hansa Anker-auf, und ankerte in einiger Entfernung vom markierten Hebetau im freigeräumten Gebiet.

Eine Stunde später nahm sich Berger ein Pressluftgerät und tauchte. Er wollte sehen, was da unten mit dem Torpedokopf geschah. Wenn er hochgehen würde, wäre das schon geschehen, dachte er. Er hatte sich die Calypso-Kamera geschnappt.

Als er an der dicken Leine abtauchte, erwartete er irgendeine Form von Blasen, die an die Oberfläche aufstiegen. Da war nichts. Auch, als der Torpedokopf in dem Grau-Grün des Meeresbodens auszumachen war, waren keine Blasen zu sehen.

Berger näherte sich. Er untersuchte den Kopf, berührte ihn von allen Seiten, fühlte die Temperatur des Gehäuses und des Sprengstoffs darin. Alles war normal. Als ob die über 300kg TNT nie den Meeresboden verlassen hätten. Er machte etliche Fotos von allen Seiten und tauchte auf.

»Wie neu«, sagte KptLt Berger zu den versammelten Tauchern. Der Leitende wartete ebenfalls auf den Bericht des Kommandanten. »Nichts zu sehen, nichts zu fühlen.« Berger legte sein Gerät ab und schälte sich aus dem 10mm-Neopren.

Nach längerer Diskussion mit den Tauchern und dem Leitenden der Hansa entschied Kapitänleutnant Berger, nach Eckernförde zu laufen. Sehr zur Freude seiner Besatzung. Sie waren sich alle einig, dass das Heben und das Neuversenken der Munition nicht so einfach waren, wie sie gedacht hatten.

Berger wollte mit dem Kompaniechef der Minentaucherkompanie die Lage persönlich besprechen. Außerdem war in Eckernförde die Torpedoversuchsanstalt mit einer Wagenladung von Dienstgraden und zivilen Sachverständigen, wo er mit Sicherheit fundierte Ratschläge bekommen würde, wie man 25 Jahre alten Sprengstoff behandeln muss, damit er einem nicht ins Gesicht fliegt.

Natürlich hatte Max Berger auch nichts dagegen, seine Familie wiederzusehen. Aber das behielt er für sich.

Auf dem Weg nach Eckernförde setzte der Funker der Hansa SITREPs und einen MOVREP ab. Damit würde der Chef wissen, wann er die Hansa zu erwarten hatte. Bei dem SITREP an das Flottenkommando in Glücksburg-Meierwik endete der Bericht mit dem Satz: »Es sind keine weiteren High Orders vorgekommen«.

Low Orders auch nicht, aber dass musste ja niemand unbedingt wissen ...

Als Berger die Stollergrund-Nord-Tonne Backbord querab hatte, ließ er Oberbootsmann Lehmann aufs Peildeck kommen.

»Herr Kaleu?«, wollte der Oberbootsmann wissen.

Berger schickte den Rudergänger nach unten in den Fahrstand. Er solle von unten weiterfahren, sagte er.

»Lehmann«, begann Max Berger. »Was ist das Problem? Wir haben nicht viele Einsätze zusammen gefahren, aber ich muss Ihnen aufrichtig sagen, dass mich Ihr Verhalten irritiert.« Er machte eine Pause, wartete auf eine Antwort. Der Oberbootsmann stand mit gespreizten Beinen auf den Grätings und glich mit Gegenbewegungen das leichte Rollen der Hansa aus. Wie immer hatte er den Kopf zwischen die Schultern gezogen. Dick-und-Warm hatte er gegen seine blaue Uniform getauscht. Er schwieg.

KptLt Berger schaute seinem Gegenüber ins Gesicht. OBtsm Lehmann hielt dem Blick einen Moment stand, dann senkte er die Augen und sagte:

»Herr Kaleu, ich finde ... Sie nehmen zu viele Risiken ... ich meine, man kann das auch anders machen. Bei dem Einsatz in Schönhagen, wo es den Klein zerfetzt hat, war das ja nicht Ihre Schuld, aber bei Ihren Einsätzen passieren immer Sachen, die sonst nicht passieren ... Herr Kaleu.«

»Wie heute mit dem Torpedokopf«, sagte Berger.

OBtsm Lehmann sah den Kommandanten kurz an.

»Naja ...«, sagte er.

»Sie waren da ja nicht anwesend, Oberbootsmann Lehmann«, sagte Berger. »Glauben Sie wirklich, ich will mich und alle auf diesem Schiff in die Luft jagen? Wir haben einen Auftrag zu erledigen. Wir sind Soldaten, Lehmann. Bei uns gibt es ein Befehls-Gehorsam-Gefüge, das keine Diskussion gestattet. Vielleicht kommt das ja mal später, wenn wir noch mehr ›verbeamtet‹ werden, als wir es heute ohnehin schon sind. Dann wird vielleicht abgestimmt; wer ist für sprengen - sechs gegen fünf – BUMMM.« Berger warf beide Arme in die Luft.

Der Funker meldete sich mit seinem Clipboard unterm Arm auf dem Peildeck: »Ein Spruch, Herr Kaleu.«

Berger überflog den Funkspruch und zeichnete ihn ab. »Aha«, sagte er. »Man hat gemerkt, dass wir vor Stein arbeiten. Jetzt sind wir in den ›Nachrichten für Seefahrer‹ ... wo ist der Eimer, Obermaat Winter?«

»Sie werden es nicht glauben, Herr Kaleu«, der Funker strahlte. »Aber seit zwei Tagen kotze ich nicht mehr.«

»Glückwunsch!«, sagte der Kommandant und lachte.

»Außerdem, Lehmann«, sagte er, nachdem sich der Funker vom Peildeck abgemeldet hatte, »kassieren wir ja nicht schlecht als Minentaucher. Sie, zum Beispiel, bekommen neben Ihrem Gehalt Taucherzulage, Bordzulage, Verpflegungszuschuss, Sprengzulage – und, Oberbootsmann Lehmann, Gefahrenzulage.« Er machte eine Pause.

»Die, Lehmann, haben Sie in den letzten Tagen nicht verdient.«

Oberbootsmann Lehmann blickte kurz auf, dann senkte er wieder den Kopf.

»Dass Sie versuchen, meine Besatzung zu demoralisieren, nehme ich Ihnen persönlich übel. Wie ich schon sagte, das grenzt an Meuterei – und bei Ihrer Arbeit unter Wasser neulich haben Sie sich auch nicht mit Ruhm bekleckert ...«

»... Herr Kaleu«, unterbrach Oberbootsmann Lehmann. Berger machte eine energische Handbewegung. OBtsm Lehmann schwieg. Berger fuhr fort: »Sie brauchen keine Angst zu haben, ich werde nichts offiziell unternehmen. Natürlich werde ich mit dem Chef darüber reden müssen, und eins sage ich Ihnen jetzt schon: Bei mir fahren Sie keinen Einsatz mehr ... Sie brauchen sich nicht abzumelden.«

KptLt Berger drehte sich weg, ergriff das Sprachrohr neben sich, zog den Stöpsel und sagte in die Muschel: »Rudergänger aufs Peildeck!«

Als der Kommandant sich umdrehte, war Oberbootsmann Lehmann verschwunden.

Vor dem Einlaufen in den Heimathafen befahl KptLt Berger »Einlaufanzug«. Auch er hatte sein Dick-und-Warm gegen die blaue Uniform getauscht, und als einziger auf dem Schiff hatte er als Kommandant einen weißen Mützenbezug. Berger machte die Hansa gegenüber dem »Alten Hafen« hinter dem SM-Boot Stier fest. Der Wind war ablandig, aber die Hansa kam mit ihrer Steuerbordseite elegant an der Schwimmpier zur Ruhe.

»Boot so festmachen«, sagte Berger über die Oberdecklautsprecher, und es tat ihm fast leid, dass er die Zuschauer an Land enttäuscht hatte. Wenn ein Marineschiff in einen Stützpunkt einläuft, gibt es immer zahlreiche kritisch-allwissende Zuschauer, denen nichts Besseres passieren kann, als dass der Kommandant oder der fahrende WO das Anlegemanöver in einen echten »Zustand« versetzt, wo alles drunter und drüber geht, geschrien wird und mindesten drei Anläufe gefahren werden müssen, bis der Eimer endlich, vielleicht sogar mit ein paar Beulen, an der Pier liegt.

»Die besten Kapitäne stehen auf der Pier«, pflegte Max Bergers Kommandant auf dem Minensuchboot zu sagen, bei dem Berger sein Kommandantenzeugnis abgelegt hatte.

Die persönliche Lagebesprechung mit dem Chef der Minentaucherkompanie dauerte fast einen halben Tag. Der Chef war eine Portion älter als KptLt Berger und zu seiner Zeit war die Minentaucherausbildung der Kampfschwimmerausbildung lose angeschlossen. Da war nicht viel Platz für das »Eingemachte«, was die Behandlung von Sprengstoff oder gar die Entschärfung von Minen und anderen Kampfmitteln betraf. Bergers Problem konnte so nicht gelöst werden. Aber der Chef hatte wie immer ein offenes Ohr, und dank seiner Stellung gelang es ihm, bei der Torpedoversuchsanstalt eine Besprechung zu organisieren, zu der auch Sachverständige aus anderen Bereichen der Marine zugesagt hatten. Der Flottenchef wurde darüber informiert.

Als KptLt Berger über den Oberbootsmann Lehmann sprechen wollte, unterbrach ihn der Chef: » ...das weiß ich alles, Max«, sagte er. »Ich habe ihn damals in Ponta Delgada auf den Azoren mitgehabt. War das Gleiche. Aber der Mann ist Berufssoldat, und das einzige, was ich machen kann, ist, ihn wegloben. Solange er fit ist, kann man ihm die Taucherlizenz nicht entziehen – es sei denn, er schießt einen kapitalen Bock. Bei seinem Einsatz«, der Chef zeichnete mit den Fingern Anführungszeichen in die Luft, »ist das eher unwahrscheinlich ...« Er grinste. »Da ist eine Spieß-Stelle ausgeschrieben. 5. Marineausbildungsbatallion. Da kann er schnell Hauptbootsmann werden.« Der Chef machte eine Pause. »Ich werde ihn erst mal auf einen Sicherheitslehrgang schicken.«

Bergers Tauchergruppe bekam ein paar Tage Sonderurlaub, und da schon fast Wochenende war, machte der Kommandant der Hansa an diesem Donnerstag den Laden dicht.

»Langes Wochenende«, sagte er bei der Musterung.

Anschließend nahm er den Leitenden zur Seite und sagte: »Hauptbootsmann Fiedler, am Montagmorgen ist eine Besprechung bei der Torpedoversuchsanstalt. Da kommen alle möglichen Sachverständigen zusammen. Sie kommen mit. Da gibt es mit Sicherheit technische Dinge, die Sie interessieren. Außerdem sind vier Augen und Ohren immer besser als zwei. Wir fahren das so wie die Werftbesprechungen«, witzelte Berger.

Das lange Wochenende in Eckernförde war genau, was die Besatzung der Hansa und die Tauchergruppe brauchten. Nach dem Geschaukel vor Anker und der Kälte in den Knochen beim Tauchen, tankten Besatzung und Taucher gehörig auf. Und das auf allen Ebenen. Der Kommandant machte sich schon darauf gefasst, dass er wieder in irgendeiner Form »Friedensrichter« würde spielen müssen.

Bei Kiekut an der Eckernförder Bucht lag etwas Schnee, und Kapitänleutnant Berger machte seinen Traum von vorher wahr und fuhr mit seiner Tochter Schlitten. Zwar rasten sie nicht so die Schneise hinunter wie im Traum, aber die Kleine hatte einen Riesenspaß. Abends passte ein Nachbar auf die Tochter auf, und Max Berger und Gemahlin genossen in einer der gemütlichen Fördekneipen ein vollendet gezapftes Köpi.

»Das hört sich aber verdammt gefährlich an«, sagte Max Bergers Frau, nachdem er auf ihr Verlangen hin von seinem Einsatz erzählt hatte.

»Gefährlich ist das nur, wenn man nicht weiß, was man macht«, antwortete Berger. »Am Montag treffen wir die

Spezialisten. Dann wissen wir mehr. Bis jetzt hat es ja immer geklappt.« Er nahm einen guten Zug von seinem Bier. »Außerdem – darum bin ich ja Minentaucher, statt in einem überheizten Büro zu sitzen ...« Er lachte. »Du weißt ja, NEC ASPERA TERRENT«, zitierte er das Motto der Minentaucher.

»Was heißt das denn genau?«

Max Berger kratzte sich am Kopf. »Naja, ›die Widerwärtigkeiten nicht fürchten‹, oder so ähnlich. Oder ›die das Widerwärtige nicht fürchten‹.«

Das Widerwärtige, aber in anderer Form, kam am Montagmorgen. Das Besprechungszimmer der Torpedoversuchsanstalt Eckernförde (TVA) war ein großer Raum mit wundervollem Blick über die gesamte Eckernförder Bucht. Es war ein schöner, heller Morgen mit klarer Sicht. An den weißen Wänden des Raumes hingen gerahmte Bilder aus der Vergangenheit der TVA. Der lange Sitzungstisch in der Mitte war voll besetzt, den Vorsitz führte der Stellvertretende Kommandeur. Er saß am Kopfende des Tisches. Auf einem kleinen Seitentisch war auf Anfrage KptLt Bergers ein Bildwerfer für Papierfotos aufgebaut worden. Berger und sein Leitender saßen sich gegenüber. Hauptbootsmann Fiedler war der einzige Portepeeunteroffizier im Raum. Zivilisten mittleren Alters waren in der Überzahl. Außerdem waren da noch ein paar Fregattenkapitäne. KptLt Berger war der rangniedrigste Offizier.

Nach militärisch kurzer Begrüßung durch den stellvertretenden Kommandeur der TVA bekam Berger das Wort.

»Nun erzählen Sie uns doch mal, was Sie bedrückt, Kapitänleutnant«, hatte der Fregattenkapitän gesagt.

Ohne langes Getue berichtete Berger von seinem Einsatz, der Methode der Low Orders, und was die Probleme an Land mit den gelegentlichen High Orders waren. Dann schilderte er, wie sie einen Torpedokopf gehoben hatten, und was sie an dem Sprengstoff beobachten konnten, bevor sie den Kopf wieder versenkten. Zur Veranschaulichung zog er einen Stapel Fotos aus dem mitgebrachten Umschlag und gab sie dem Mann am Projektor.

»Die Fotos sind in der richtigen Reihenfolge«, sagte Berger. »Ich sage Ihnen, wann Sie wechseln sollen.«

Beim Einschalten des Bildwerfers knallte es einmal kräftig und die Bildwerferbirne gab ihren Geist auf. Die Suche nach Ersatz blieb erfolglos. Berger hob jedes einzelne Foto hoch, gab eine kurze Erklärung dazu und reichte es dem stellvertretenden Kommandeur. Der händigte die Aufnahmen weiter an die Runde aus.

Die Anwesenden hörten Berger kommentarlos zu und sahen sich die Fotos geflissentlich an. Nachdem die letzten Bilder die Runde gemacht hatten, sagte KptLt Berger: »Was ich, oder besser wir, Hauptbootsmann Fiedler hier und ich, von Ihnen, meine Herren, wissen wollen, ist Folgendes:

Erstens: Wie unsicher ist das Zeug nach fast 26 Jahren auf dem Meeresgrund? Und, zweitens: Was können Sie empfehlen, damit wir den alten Sprengstoff ohne große Gefahr in tiefes Wasser transportieren können?«

Der stellvertretende Kommandeur ergriff als Erster das Wort:

»Dass das Zeug unsicher ist, haben Sie uns ja eben gezeigt, Kapitänleutnant. Wenn Sie mich fragen: liegen lassen. Wenn es in diesem Gebiet in 26 Jahren, wie Sie sagen, kein Problem gegeben hat, wird das Zeug auch diese Olympiade überstehen ...« Die neben ihm sitzenden Fregattenkapitäne nickten beifällig.

»Herr Kap'tän«, sagte Berger, »der Flottenchef ist da anderer Meinung. Der ausdrückliche Befehl besagt, das Zeug zu beseitigen.«

Der stellvertretende Kommandeur der TVA machte eine lakonische Handbewegung und schwieg. KptLt Berger wandte sich an die Zivilisten – Experten auf verschiedenen Waffengebieten.

»Das ist nicht so einfach ...«, sagte ein Ergrauter im Zweireiher.

»Genaue Anweisungen kann man da nicht geben«, sagte ein anderer.

»Entschuldigung«, sagte Berger und wandte sich an einen Herrn gegenüber. »Sie sind?«

»Dr. Müller«, sagte der Mann. Und: »Entwicklungsingenieur.« Er schien der jüngste der Zivilisten zu sein.

»Herr Dr. Müller«, begann Max Berger. »Wenn Sie den Job machen müssten, den wir machen, wie würden Sie ihn erledigen, ohne das Zeug einfach liegen zu lassen?« Berger warf dem stellvertretenden Kommandeur der TVA einen kurzen Seitenblick zu.

»Ich ...«, begann Dr. Müller zögernd, »ich würde eine Reihe Tests machen ... aber das würde gewisse Zeit in Anspruch nehmen. Und die haben Sie ja offenbar nicht.« Er sah Berger fragend an.

»Nein«, sagte Berger. »Würden Sie mir trotzdem eine Anleitung für diese Tests schriftlich zukommen lassen?«

Der Mann überlegte eine Weile, dann sagte er: »Das kann ich Ihnen so einfach nicht zusagen. Das muss der Dienstweg entscheiden. Vielleicht lassen Sie Ihren Kommandeur einen Antrag auf Amtshilfe über die entsprechenden Dienststellen stellen. In dem Fall bekäme ich dann eine autorisierte Anfrage, die dann unter Umständen ordnungsgemäß bearbeitet werden könnte.«

»Herzlichen Dank«, sagte KptLt Berger. Er sah seinen Leitenden schmunzeln.

»Na dann«, sagte der stellvertretende Kommandeur der TVA und erhob sich.

Alle Anwesenden standen auf, jemand rief »Achtung«, und die Soldaten im Raum nahmen Haltung an.

»Aaskrät!«, sagte Hauptbootsmann Fiedler, und »Hundsschiet!«, als sie auf dem Weg zur Hansa waren.

»Das drückt etwa aus, was ich denke«, sagte KptLt Berger. Was bedeutet Aaskrät?«

»Na, wenn mein Großvater'n richtigen Zorn hatte, sagte er das. Die Russen waren bei ihm auch Aaskrät.« Der Leitende lachte.

Die Hansa machte seeklar, gab einen MOVREP ab, und kurze Zeit später passierte sie die Molenköpfe des Eckernförder Marinehafens. Erstaunlicherweise hatte es keine Beschwerden irgendwelcher Vergnügungsetablissements der beschaulichen Hafenstadt gegeben. Oberbootsmann Lehmann war durch Bootsmann Lochner ersetzt worden. Berger hatte bei der Auslaufmusterung angekündigt, dass es, abgesehen vom Endtermin, für den weiteren Verlauf des Einsatzes keinen festen Zeitplan mehr geben würde. Der Job müsse erledigt werden. Von Zeit zu Zeit würde er entscheiden, ob Olpenitz angelaufen werde.

»Das hängt vom benötigten Nachschub, vom Wetter, aber auch zum großen Teil von unserer Leistung ab ... wie wir da weiterkommen«, hatte er gesagt.

Der Kommandant studierte das Einsatzplot. Der erste Einsatzmonat neigte sich seinem Ende entgegen, und sie hatten etwa ein Viertel des Versenkungsgebietes abgedeckt. Die Konzentration der rot markierten Funde ließ vermuten, dass sie sich der Hauptmasse der versenkten Munition näherten. Sie hatten noch zwei Monate Zeit, um den Job erfolgreich zu beenden.

KptLt Berger ließ seinen dienstältesten Taucher und den Leitenden der Hansa aufs Peildeck kommen. Das Wetter war ruhig. Der Himmel bedeckt. Die Hansa schipperte mit ihren zehn Knoten dahin, und als sie Aschau an Steuerbord passierten, kamen Möwen zu Besuch.

»Ich habe mir Folgendes gedacht«, begann Berger. »Dieser Dr. Müller von der TVA hat mit seinen Tests Recht.«

Hauptbootsmann Fiedler und Hauptbootsmann Fillinger hörten aufmerksam zu, wie der Kommandant seinen Plan darlegte. Als er geendet hatte, sagte HBtsm Fiedler: »Herr Kaleu, Sie sagen: ›Kühlen, um die gleichen Bedingungen wie auf dem Grund zu simulieren‹. Wie sollen wir das machen?«

»Wasser draufkippen«, meinte HBtsm Fillinger.

»Irgend so'was«, sagte Berger. »Leitender, ich denke, wir sollten, was immer wir da auf dem Achterdeck liegen haben, berieseln. Konstant berieseln. Wenn dann Wasser verdunstet, schafft das einen Temperaturabfall. Wie Schweiß auf der Haut.«

Die drei einigten sich, dass sie vom selben Torpedokopf, den sie schon an Deck gehabt hatten, eine Probe Sprengstoff hochholen würden, um das Zeug zu berieseln und zu studieren. Wiederversenken und sprengen sollten den Test abschließen. Eine halbe Stunde später kam der Leitende zurück aufs Peildeck.

»Herr Kaleu«, sagte er, »wir haben eine Rolle dünnes Kupferrohr an Bord. Damit kann ich eine Berieselungsanlage bauen. Das Problem ist, dass wir nur Hochdruckpumpen haben. Wie ich das verstehe, soll das Seewasser ja ausschließlich r r r i e s e l n.« Er zog das letzte Wort
auseinander.

»Prima, Leitender«, sagte Berger. »Wann kann das fertig sein?«

»Morgen früh«, sagte HBtsm Fiedler.

»Hat der E-Maat keine Idee wegen der Pumpe?«, wollte Berger wissen. »Wenn Sie die Spannung runtersetzen, sollte die Pumpe doch langsamer laufen, oder?«

»Im Prinzip schon, Herr Kaleu, aber dann gibt es ein Einschaltproblem.«

»Okay, Leitender, wenn der E-Maat damit ein Problem hat, fragen wir über Funk nach einer Lösung ... auf geht's ... nur dran denken: die Pumpe darf nicht aufhören zu laufen ...« Berger machte mit den Händen und Fingern Bewegungen, die »rieseln« bedeuten sollten.

Die Hansa ankerte im Einsatzgebiet an fast genau der selben Stelle wie zuvor. Die Boje am Hebetau des Torpedokopfes war noch da. Berger ließ Tauchgeräte und Schlauchboote für den kommenden Morgen vorbereiten. Der Leitende und seine Heizercrew bogen, bohrten, löteten, schnitten Gewinde und schraubten die halbe Nacht. Der E-Maat hatte eine Schaltung zusammengefriemelt, die keinen Schönheitswettbewerb gewonnen hätte, aber sie funktionierte. Die Pumpe ließ sich ein- und ausschalten, und selbst nach mehreren Stunden Betrieb wurde sie nicht heiß.

Beim ersten Tageslicht bewunderten die Taucher und die Besatzung der Hansa das Gestell mit den spiralenförmigen Kupferrohren. Namen wurden verteilt, wie »Spinne«, »Godzilla« oder »King Kong«. Aber für Hauptbootsmann

Fiedler war es einfach ein »Dingslamdei«, oder »Gerödel« für jene, die »Dingslamdei« nicht verstanden.

KptLt Berger bestand auf einem Test. Die »Srengstoffberieselungsvorrichtung«, wie sie später im Schiffstagebuch der Hansa bezeichnet werden würde, sollte eine Stunde lang ununterbrochen laufen. Der Anker wurde gelichtet, und das Schiff machte halbe Fahrt voraus. Berger wollte auch testen, ob von der Pumpe während der Fahrt ununterbrochen Wasser angesaugt würde.

Auf ein Zeichen von Hauptbootsmann Fiedler setzte der E-Maat die Schaltung in Gang. Der Obermaat war ein schlaksiger Kerl mit weißblonden Haaren, die von seinem Kopf abstanden, als wären sie Stroh. Sein jungenhaftes Gesicht nahm einen rosafarbenen Schimmer an, als er den Schalter umlegte. Nach einigen Spritzern und Geräuschen ausgestoßener komprimierter Luft begann es auf dem Achterdeck der Hansa zu rieseln wie Sprühregen an einem kühlen Sommerabend. Ein großer Teil des Decks wurde sanft mit einem gleichmäßigen Wasserteppich belegt, der den Schiffbewegungen entsprechend über die Wasserpässe abgeleitet wurde.

Beifall erklang, aber für KptLt Berger war der Test erst nach der vorgegebenen Zeit beendet. Als alles gutgegangen war, gab es Belobigungen für die Heizer der Hansa, und Berger ankerte wieder an der alten Stelle. Er zog sich um, nahm ein Pressluftgerät und ließ sich mit dem Schlauchboot hinüber zur Boje am Hebetau fahren. Bootsmann Lochner, der »Neue«, war von Hauptbootsmann Fillinger für den ganzen Tag als Sicherheitstaucher eingeteilt worden.

»Damit er sieht, wie wir hier arbeiten«, hatte Fillinger gesagt.

Die ruhige Ostsee war trübe an diesem Tag Ende Januar, und Berger musste sich mit der Hand an dem dicken Tau entlang orientieren. Nach ein paar Tagen Pause traf ihn die Kälte des Wassers wie die Umarmung einer Qualle. Er brauchte einige Atemzüge, um sich wieder daran zu gewöhnen. Die Sicht wurde noch schlechter, je weiter Max Berger hinuntertauchte. Er vergewisserte sich auf seinem Tiefenmesser, dass er nicht zufällig in ein Ostseeloch geraten war, wie es Helmtaucher, die nach Steinen suchen, so fürchten.

Der Grund war weich und schlammig, als er dort ankam. Wenige Meter weiter fand er den Torpedokopf. Berger musste so nahe herangehen, dass er mit der Maske an das Gehäuse stieß. Er fühlte an dem Kopf herum, fand den Spalt mit dem

Sprengstoff, trennte mit seinem Kampfmesser einen Klumpen heraus und steckte ihn in den Netzbeutel, den er dafür mitgebracht hatte. Auch den Klumpen befühlte er nochmal und hielt ihn dicht an die Maske.

»Keine Blasen«, dachte er und tauchte an dem Tau entlang auf.

An der Oberfläche sah der Klumpen Sprengstoff wie ein zusammengepresster grau-grüner Schwamm aus. Das Wasser perlte von ihm ab. Besonders an der Schnittstelle sah es aus, als hätte jemand Öl darüber gegossen. KptLt Berger deponierte den Sprengstoff auf den Aluminiumplatten des Achterdecks der Hansa. Die blasse Wintersonne legte eine kühle Helligkeit auf das Schiff.

»Nun bin ich mal gespannt«, sagte Hauptbootsmann Fiedler. Die Berieselungsanlage stand auf Stand-by. Die Taucher versammelten sich auf dem Achterdeck, und da Oberbootsmann Lehmann nicht mehr zur Einsatzgruppe zählte, waren alle vollzählig anwesend. Berger und der Sicherheitstaucher trugen noch immer ihren Neoprenanzug. OMaat Einfeld verdingte sich wieder als Fotograf.

»Tut sich nix«, sagte OMaat Brose.

»... war das ganze Dingsbumsdei, oder wie das heißt, umsonst«, sagte HptGefr Altmeier. Er hatte sich eine Fellmütze wie der Kommandant besorgt. Der Sowjetstern fehlte jedoch.

»Da ...« Brose kniete sich neben den Klumpen an Deck. »Es gast«, sagte er.

Langsam, aber stetig, blubberte es aus dem TNT.

Dann wurde es warm.

Dann wärmer.

Dann heiß.

Dann rauchte es.

KptLt Berger ließ alle Umstehenden zurücktreten. Er bereute für einen Moment, dass er nicht daran gedacht hatte, eine Verdämmung zu organisieren. Nun war es zu spät.

»Berieseln«, sagte er zum Leitenden. Wasser sprühte aus den winzigen Bohrungen der Kupferleitungen und verwandelte das Achterdeck der Hansa in einen vielfarbigen Schleier aus Regenbogenfarben.

Nach wenigen Minuten nur hörte der Klumpen auf zu rauchen. OMaat Brose wollte nach achtern gehen.

»Bleib hier«, sagte Max Berger. Er trat auf den Sprengstoff zu, bückte sich und befühlte ihn. Das Wasser aus der

Sprühanlage rann ihm über die hochgezogene Neoprenhaube und ins Gesicht. Er spürte es nicht.

Der Klumpen war heiß.

Nach wenigen weiteren Minuten wurde er kühler.

Dann kalt.

Dann hörte das Gasen auf.

»Wasser, Halt!«, rief KptLt Berger.

Die Pumpe stoppte. Das Wasser rieselte nicht mehr.

»Mal sehen, wie lange ...«, sagte Berger zu den Tauchern.

Es dauerte eine Weile, bis das TNT wieder anfing zu gasen, und als die Sprühanlage erneut lief, hörte es wieder auf. Berger ließ die Spinne weiterlaufen. Auf diesen Namen für die Berieselungsanlage hatten sie sich letztlich geeinigt. Er ging Anker-auf, ließ eine kleine Vernichtungsladung fertigmachen und ankerte ein paar Meilen weiter weg vom Einsatzgebiet in der freien Ostsee. Da er noch in Neopren war, wollte er die Ladung selbst an den Klumpen anlegen. Er wollte diesen gesamten Test mehr oder weniger selbst ausführen. Dadurch war er nicht auf Berichte anderer angewiesen.

Die Sprengung ging problemlos, und nach vorgeschriebener Zeit tauchte Berger, um sich von der Vernichtung des TNT-Klumpens zu überzeugen. Bei der Wassertiefe von 23 Meter und solch einer kleinen Ladung war an der Oberfläche kaum etwas zu merken gewesen. Auf dem Grund war bei der schlechten Sicht nicht viel zu sehen. Max Berger bemerkte aber den typischen »Stempel«, wie er sich ausdrückte. Da war nichts mehr von einer Sprengladung zu finden, und er tauchte auf.

Nachdem die Hansa wieder auf ihrem alten Ankerplatz lag, Berger heiß geduscht und sich in Dick-und-Warm umgezogen hatte, gab es eine Taucherbesprechung auf dem Achterdeck.

»Wir haben gesehen, dass es klappt«, sagte der Kommandant. »So arbeiten wir ab jetzt. Fillinger, Sie teilen die Taucher ein. Wir fangen mit unserem Freund, dem Torpedokopf da drüben, an.« Berger zeigte auf die Boje am dicken Hebetau. »Wir nehmen den erst mal einzeln. Anschließend geht es weiter mit der Suche mit zwei Schlauchbooten, und so weiter ... wie gehabt ...«, fügte er hinzu. »Irgendwelche Fragen?«

HptGefr Altmeier wollte wissen, ob er jetzt auch sprengen dürfe wie die anderen, und der Stabsarzt wollte endlich bei einem großen Rums, wie er sagte, dabei sein und auf der Welle surfen.

Kapitänleutnant Berger war zufrieden. Zufrieden mit seinen Leuten und mit sich. Die Ungewissheit war groß gewesen. Man hatte sie allein gelassen mit allen wichtigen Entscheidungen. Wie so oft hatten die hohen Herren mit den dicken Kolbenringen an den Ärmeln alle Verantwortung von sich weggeschoben. Mit Befehlen. Mit dem Hunger nach dem nächsten Dienstgrad. Autorität hatte Max Berger schon immer angezweifelt. Damals, als er 13 gewesen war, war rechts plötzlich links und links rechts gewesen. Helden waren Banditen, und Banditen waren zu Helden geworden. Er schniefte verächtlich durch die Nase. Aber auf der anderen Seite war er dankbar und glücklich, dass man ihn machen ließ. Egal, ob aus Unwissen, Feigheit, Inkompetenz oder vielleicht Gleichgültigkeit. Aber bevor er leichtfertig zu viele Risiken eingehen würde, wollte er noch den Rat eines alten Bekannten einholen. Er ging zum Funker der Hansa und ließ sich, unerlaubterweise, über die internationale Anruffrequenz 2182kHz ein Privatgespräch vermitteln.

Rudi Lamoller wohnte im obersten Stock eines der höchsten Wohnblocks in Kiel. Er war pensionierter Sprengmeister und hatte beim Kampfmittelräumdienst Schleswig-Holstein zahllose Blindgänger an Land entschärft, oder, wenn möglich, gesprengt. Er saß an diesem hellen Wintertag in seinem Wohnzimmer bei einem Glas Bier vor seinem verspäteten Mittagessen. Obwohl kaum Wind herrschte, schwankte das Hochhaus um ein paar Grad, und als Rudi Lamoller beobachtete, wie der Flüssigkeitsspiegel in seinem Glas von einer Seite auf die andere wanderte, klingelte sein Telefon.
Rudi erkannte Max Bergers Stimme nicht sofort, aber nachdem der Kapitänleutnant ihn an gemeinsame Einsätze erinnert hatte, dämmerte es.
»Ja, natürlich erinnere ich mich, Max. Wie geht's, wo bist du ...?«
Max Berger beschrieb dem pensionierten Spezialisten, was er mit den 26 Jahre alten Kampfmitteln vorhatte, wo sie waren, und was er bislang getestet hatte.
»Das machst du alles richtig«, sagte Rudi. »Wenn da kein Zünder eingebaut ist, kannst du mit dem Zeug Fußball spielen. Nur, wenn es in eine neue Umgebung kommt wie

eben durch Temperatur- und Druckveränderungen musst du gucken, was passiert. Mit dem Kühlen liegst du da schon mal richtig ...«

Nach Frühstück und Reinschiff am folgenden Morgen wurde der Testtorpedokopf aufs Achterdeck der Hansa gepackt. Ohne lange zu beobachten und zu warten, wurde die Spinne in Betrieb genommen. Berger ging Anker-auf und fuhr das Schiff an eine ähnliche Stelle wie zur Sprengung des Tests am Vortag. Er ankerte nicht. Die See war leicht, es hatte ganz aufgeklart, und die Sicht war gut. Da lag nur ein schleierähnlicher Dunst über der Kimm der Ostsee. Das Hebetau wurde geborgen, sie versahen den Torpedokopf mit einer leichten Bezeichnungsboje und versenkten ihn auf 19 Meter Wassertiefe. Die Hansa entfernte sich etwa hundert Meter, und das Schlauchboot wurde ausgesetzt.
OBtsm Leichthammer brachte die Vernichtungsladung an, tauchte auf, legte sein Gerät auf den Schlauchbootboden und schloss das Zündkabel an die Zündmaschine an.
»Alles klar?«, fragte er routinemäßig, spannte die Feder und drückte auf den roten Auslöser.
Die Zündmaschine surrte.
Nichts.
OBtsm Leichthammer spannte die Feder erneut.
Auslöser.
Die Maschine surrte.
Nichts passierte.
»Scheiße«, sagte OBtsm Leichthammer.
Maat Wiederholdt war der Sicherheitstaucher für den Tag. »War die Sprengkapsel richtig angeschlossen?«, fragte er.
»Alles gut«, sagte OBtsm Leichthammer und sah auf seine Taucheruhr. Er stellte die Nullmarkierung auf dem drehbaren Außenring auf den Minutenzeiger.
»Kabel austauschen«, sagte er, schloss das Zündkabel von der Zündmaschine ab und bedeutete dem Schlauchbootfahrer, zum Schiff zu fahren.
Kapitänleutnant Berger hatte das Geschehen vom Peildeck der Hansa aus beobachtet.
»30 Minuten warten, Leichthammer«, sagte er, als das Schlauchboot am Schiff angelegt hatte. »Geben Sie die Zündmaschine rauf.«
Der E-Maat testete die Zündmaschine.
»Alles prima«, sagte er.

HptBtsm Fillinger brachte eine neue Rolle Zündkabel zum Schlauchboot.

»Lass das auch erst mal testen«, sagte Leichthammer, und der E-Maat leierte an seinem Ohmmeter herum.

»Alles prima«, sagte er wieder.

OBtsm Leichthammer sah auf seine Uhr. »Los geht's«, sagte er, und das Schlauchboot legte ab.

»Bring das alte Kabel mit!«, rief ihm der Kommandant hinterher.

Nachdem das Zündkabel ausgetauscht war, krachte es. Und nach weiteren 30 Minuten überzeugte sich Berger, dass der Torpedokopf vernichtet war. Jedes Mal nach einem mächtigen Rums, einer Wassersäule von vielen Metern Höhe und unzähligen Fischen mit aufgeblasenen Bäuchen an der Oberfläche, kam sich Max Berger seltsam vor, wenn er diesen Routine-Check machen musste.

»Procedere«, dachte er auch dieses Mal.

Die Tests abgeschlossen, ließ KptLt Berger einen SITREP ans Flottenkommando und die Minentaucherkompanie abgeben. Dann ging es an die Arbeit. Mit zwei Schlauchbooten im Wasser suchten sie, je nach Sichtverhältnissen, visuell oder mit der Snagline, bis sie eine stattliche Anzahl roter Bezeichnungsbojen gelegt hatten. Die Minentaucher hatten zwar ein neumodisches Handheld Diver Sonar-Gerät, mit dem der Taucher auf dem Grund Objekte lokalisieren konnte, aber wegen des hohen Gewichts des Gerätes konnte es nur stationär eingesetzt werden. Das heißt, der Taucher konnte damit nicht schwimmen. Außerdem mussten Kontakte nach wie vor visuell inspiziert werden. Wenn Hauptbootsmann Fiedler Minentaucher gewesen wäre, wäre das Sonargerät als »Dingslamdei« klassifiziert worden. Also wurde an der Leine gebibbert oder mit der Snagline in der Hand geschwommen.

Am Anfang nahm KptLt Berger, je nach Sprengstoffmasse, drei oder vier Kampfmittel an Bord, fuhr sie hinaus auf die Ostsee, und versenkte und detonierte sie dort mit einer angelegten Vernichtungsladung.

Das Plot auf dem Kartentisch der Hansa zeigte mehr und mehr schattierte abgesuchte Felder, und die Anzahl der roten Vernichtungs-Symbole wuchs zusehends.

Über Nacht ankerte die Hansa nahe dem jeweiligen Suchgebiet auf freigeräumtem Ankergrund. Die Taucher wurden jeden Tag extrem belastet, und nach dem regelmäßig guten Abendessen herrschte schnell Ruhe auf dem Schiff. Eines Abends, der Kommandant war gerade dabei sich hinzulegen, klopfte der Funker an die Kammertür.

»Ein Spruch, Herr Kaleu«, rief der Funker, Obermaat Winter, von außen.

Die Marina Wendtorf hatte sich wieder beim Flottenkommando gemeldet. Man habe beobachtet, dass weit draußen auf der Ostsee gewaltige Explosionen stattfinden würden, und da vor Stein keine Detonationen mehr waren, wollte man wissen, ob da Zusammenhänge bestehen würden. Man sei, nach dem Auftreten besagter Risse an den Gebäuden, besorgt. Die Anleger verlangten ein Treffen mit der Marine.

Als Einsatzleiter bekam Kapitänleutnant Berger den Befehl, an dem Treffen in Kiel, im Maritim Belle Vue Hotel, teilzunehmen und die Interessen der Marine zu vertreten. An dem angegebenen Termin würde ihn eine H-34 vom Marinefliegergeschwader Holtenau abholen.

Das war am nächsten Tag. Berger informierte den Leitenden der Hansa und HptBtsm Fillinger als dienstältesten Taucher und legte schon mal sein »Blau« bereit. Dieses Mal klemmte er seine Mütze ganz oben auf den Bügel.

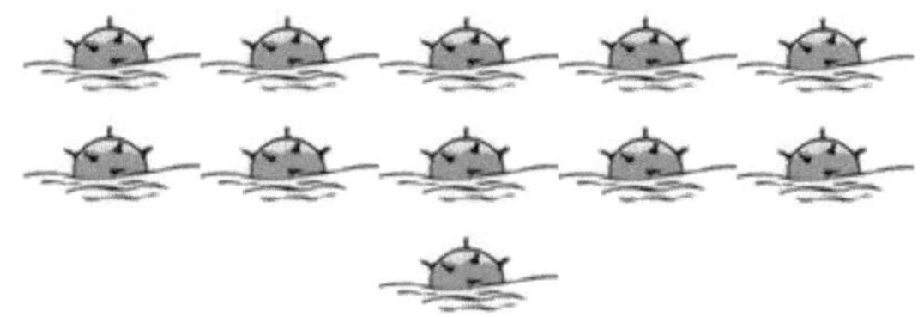

Das Belle Vue Hotel machte seinem Namen alle Ehre. Hoch über der Kieler Förde präsentierte es seinen Besuchern einen atemberaubenden Blick. Bei klarer Sicht konnte man sogar bis nach Laboe hinüberschauen. Der Tagungsraum war hell und für etwa 20 Personen hergerichtet. Die Wände, das Mobiliar und das Tischdekor waren in zarten Cremetönen gehalten. Zahlreiche historische Fotos an den Wänden zeigten Begebenheiten, die durch ebendiese Fenster des Tagungsraumes beobachtet worden waren. Da waren Bilder von aus- und einlaufenden Kriegsschiffen bis hin zu modernen Passagierschiffen, die von riesigen Schleppern durch die Förde bugsiert wurden. Die Veranstalter hatten es sich nicht nehmen lassen, ein Büfett mit Erfrischungen aufzubauen. Zu KptLt Bergers Bedauern war es aber erst nach Beendigung der Besprechung zugänglich.

Die Teilnehmer saßen sich an einer langen Tafel gegenüber. Nach kurzer Begrüßung durch einen dicken Herrn mit Brille und dunklem Anzug, kam die stattliche, mittelalterliche Dame mit dem hellroten Mund zu Wort. Sie sagte, sie sei bei der Baubesichtigung der Marina Wendtorf dabei gewesen, als man die Risse an den Neubauten bemerkt habe. Die Frau erklärte, man müsse sicherstellen, dass sich die »Katastrophe von neulich« nicht wiederholen würde, und sie verlangte klare Beweise dafür, dass die neuerlichen und viel massiveren Sprengungen »für das Bauvorhaben absolut ungefährlich« wären.

»Wir können und dürfen es nicht zulassen, dass die Marine, aus welchen Gründen auch immer, dieses wirtschaftlich überaus weitreichende Projekt weiterhin gefährdet und leichtfertig, um nicht zu sagen fast vorsätzlich, zunichtemacht.«

Sie machte eine lange Pause und studierte Kapitänleutnant Berger eindringlich mit ernster Miene.

»Das sind wir unseren Anlegern, deren Stellvertreter ich hier und heute wieder bin, schuldig.« Sie guckte selbstzufrieden um sich.

Niemand sagte etwas. Berger hatte sein Pokergesicht aufgesetzt und tat so, als ob er nichts gehört hatte.

»Kapitänleutnant, äh ... äh ... Berger, ja. Kapitänleutnant Berger«, sagte der Dicke mit der Brille, der offensichtlich den Vorsitz innehatte, »was sagen Sie dazu?«

»Wozu?«, fragte Max Berger und sah den Mann direkt an.

»Naja ... dazu, was die Dame eben gesagt hat«, sagte der Mann.

Berger musste nicht lange überlegen: »Die Dame, wie Sie sagen, hat geredet – aber gesagt hat sie nichts.«

Jemand räusperte sich.

»Ich kann vielleicht mit ein paar Fakten aushelfen«, sagte ein Herr schräg gegenüber von Max Berger. Er stellte sich als Dr. Wegner vom Hamburger Institut für Geophysik vor. Er war ein gemütlich aussehender Mensch mit dicker schwarzer Hornbrille, Vollbart und einer Knubbelnase. Er berichtete, dass das Institut an verschiedenen Stellen Schleswig-Holsteins seismografische Mess-Stellen unterhalte, und dass sie die Sprengungen, die anfänglichen und die neuerlichen, sehr wohl beobachtet hätten. Seiner Meinung nach könne man die jetzigen Erschütterungen – verglichen mit den vorherigen – absolut vernachlässigen.

Anschließend gab KptLt Berger den Versammelten einen knappen Überblick über den Einsatz, den er ausführte. Er erklärte, dass dies keine Übung sei, sondern eine nationale Notwendigkeit, bei der seine Taucher täglich ihr Leben aufs Spiel setzen würden. Er teilte den Zuhörern ein paar Zahlen mit, die die schon beseitigten Kampfmittel betrafen.

»Aus meiner Sicht kann man da weder von Vorsatz noch von Leichtfertigkeit reden«, sagte er. »Meine direkte Frage ist: wie viele Risse sind an den Neubauten in den letzten beiden Wochen aufgetreten?«

Ein Sprecher der Baugesellschaften bestätigte, dass keine weiteren Risse aufgetreten seien.

Die Besprechung zog sich noch weiter hin mit Belanglosigkeiten, die Berger nur am Rande interessierten, und mit seinem Einsatz nichts zu tun hatten.

Schließlich lud der Vorsitzende zum Büfett. Max Berger traf die Frau mit dem hellroten Mund. Sie hatte einen gut gefüllten Teller in der einen Hand, und in der anderen ein Glas

Champagner. Außer ihrem auffälligen Lippenstift hatte sie nur etwas Augen-Make-up aufgetragen. Sie lächelte und zeigte ebene, weiße Zähne.

»Da haben Sie uns ja ganz schön angegriffen«, sagte Berger und bediente sich von einer Platte mit Hähnchenbeinen.

»Das dürfen Sie mir nicht übelnehmen«, sagte die Frau. »Das gehört zu meinem Beruf. Einer muss das ja machen ... dafür werde ich schließlich bezahlt ...«

Sie forderte Berger auf, neben ihr Platz zu nehmen. Während sie aßen, redeten sie über das Bauvorhaben. Die Frau erzählte voller Stolz, dass schon fast alle Wohneinheiten, wie sie das nannte, verkauft worden seien. Dann änderte sie das Thema: »Was machen Sie heute Abend, Herr Berger, oder darf ich Max sagen?«

Berger machte eine nichtssagende Handbewegung und wunderte sich, woher sie seinen Vornamen wusste.

»Da gibt es ein wunderbares, kleines Restaurant in der Innenstadt. Sehr gemütlich und sehr gute Küche. Ich lade Sie ein.« Sie lächelte und sah Berger offen an.

Max Berger dankte der Frau und erklärte, dass er erstens verheiratet war und eine Familie hatte, und zweitens, dass da ein Hubschrauber auf ihn wartete, um ihn wieder auf sein Schiff zu bringen.

»Sie Armer«, sagte sie. »Das mit dem verheiratet-sein ist so eine Sache. Hat doch nur den Vorteil, dass man Sex haben kann, wann und wenn man ihn braucht ...«

Für Max Berger gab es dort nichts weiter. Er hatte seinen Job erledigt. Er verabschiedete sich und verkniff es sich, mit Rücksicht auf seinen Einsatz und die Marine allgemein, der Dame mit dem hellroten Mund zu sagen, was er von ihr hielt.

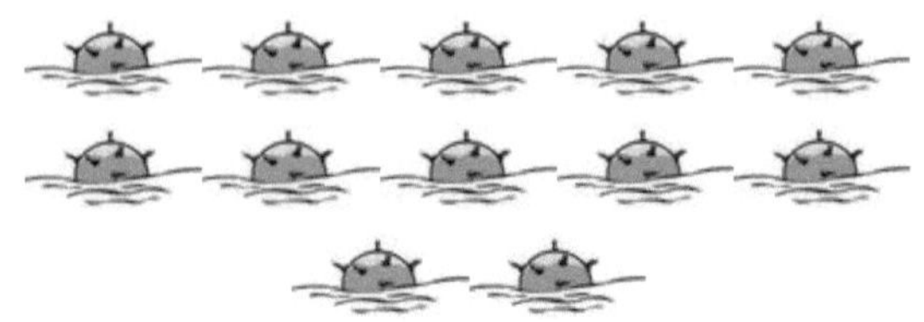

Das Wetter im Einsatzgebiet war nach wie vor günstig. Wind und See waren leicht, und die Unterwassersicht war gut genug, um die visuelle Suchmethode mit zwei Schlauchbooten durchzuführen. Wie vorhergesagt bestand der größte Teil der gefundenen Kampfmittel aus Torpedoköpfen. Einzelne waren aus unerfindlichen Gründen dermaßen korrodiert, dass ein Heben unmöglich erschien. KptLt Berger ließ den Sprengstoff unter Wasser aus den Gehäusen nehmen und in »kleinen Portionen« auf dem Meeresgrund verteilen.

Am besten erhalten waren Grundminen.

»Das kommt davon, weil die dafür gebaut worden sind, lange auf dem Grund herumzuliegen«, sagte OBtsm Leichthammer, nachdem sie drei stattliche Exemplare aufs Achterdeck der Hansa gezogen hatten. Die Spinne erledigte ihre Arbeit ohne zu mucken, und alles war unter Kontrolle. Das Heben der Sprengkörper war zur Routine geworden, und KptLt Berger ermahnte seine Leute periodisch zur Vorsicht.

»Die Dinger sind nach wie vor gefährlich«, sagte er. »Jede Mine, jeder Torpedokopf, jede Granate muss so behandelt werden, als wäre sie die erste, die wir hochnehmen.«

Das Wiederversenken sorgte teilweise für Probleme. Die Besatzung hatte das weiche Hebetau so konfiguriert, dass es beim Heben mit einem starken Draht unter dem jeweiligen Sprengkörper hindurchgezogen werden konnte. Beim Wiederversenken wurde ein Webelein-Slip-Knoten benutzt, der mit einer Sorgleine vom Schiff gelöst werden konnte. Ebendiese Sorgleine klemmte manchmal. Dann musste ein Taucher hinunter, um den Knoten zu lösen.

»Warum kullern wir die Dinger nicht einfach über die Seite«, sagte der neu zum Tauchteam gestoßene Bootsmann Lochner. Er war ein großer, fast dunkelhäutiger Kerl mit lockigen, tiefschwarzen Haaren.

»Und dann?«, wollte OMaat Brose wissen, der gerade einen Ritt auf dem Schleppseil hinter sich hatte. »Die ›Dinger‹, wie du sie nennst, müssen alle auf einem Haufen liegen. Das Runterkollern ist viel zu ungenau ...«

»Sowieso blöd«, sagte HptBtsm Fillinger. »Hast doch gehört, was der Alte gesagt hat ... viel zu unvorsichtig.«

Als »unvorsichtig« hatte KptLt Berger auch das »Wellenreiten« eingestuft. Jeder Taucher versuchte, die größte wiederversenkte Menge Kampfmittel sprengen zu dürfen. Das garantierte, mit dem Schlauchboot die höchste Welle zu surfen. Der Taucherarzt hatte sich schon etliche Male angestellt, um mit ins Schlauchboot zu kommen, aber immer war jemand da, der ihn zurückhielt.

Die Hansa war mit einer Ladung Torpedoköpfen und gesetzten roten Flaggen auf Kurs zum Versenkungsgebiet. Der Kommandant hatte eine Stelle ausgesucht, an der die Wassertiefe 20 Meter betrug. Er versuchte, diese Stelle jedes Mal so genau wie möglich zu treffen, um den angerichteten Umwelt-Schaden einzugrenzen. Mit Radarpeilung und -Abstand zu seiner Radarboje am Einsatzgebiet gelang das gut. Nach ein paar Sprengungen glich der Meeresgrund einer Mondlandschaft. Da waren Krater, leblose, glatte Flächen und aufgetürmte Erhebungen. Entgegen allen Erwartungen war der aufgewühlte Boden für viele Meeresbewohner erstaunlich attraktiv. Aber nach jeder neuen Sprengung war der Grund von Fischleichen übersät, und an der Oberfläche zappelten ganze Felder von Heringen und Dorschen mit aufgeblasenen Schwimmblasen herum. Scharen von schreienden Möwen stürzten sich auf sie und stritten sich um einen Fisch, während wenige Zentimeter weiter das Angebot unbeachtet herumtrieb.

Unbeachtet blieben sie jedoch nur für kurze Zeit, denn sowie die Wassersäule zusammengebrochen war, veranstalteten wartende Fischerboote wahre Rennen, um als erstes an der Stelle mit dem meisten aufgetriebenen Fisch zu sein. Mit Käschern an langen Stangen schöpften sie die betäubten Meeresbewohner aus dem Wasser. Geschwindigkeit war gefragt, denn die meisten Fische erholten sich nach ein paar Minuten und tauchten wieder ab.

Die Hansa näherte sich der Versenkungsstelle. Die Fischer und die Möwen warteten schon. Die Vögel hatten die Boote zu ihrem temporären Domizil erklärt und bevölkerten Hüttendächer, Masten, Stagen, Spieren und Stangen. Die Bootsbesatzungen versuchten sie zu verscheuchen, aber die Tiere flogen nur für Sekunden mit einem Riesengeschrei auf, um sich sofort wieder niederzulassen.

Obermaat Brose hatte die markanteste Stimme an Bord. Er hatte den Auftrag, die Fischer mit dem Megafon auf ihre Plätze zu verweisen.

»Fischerboote!«, rief er sie an. »Bleiben Sie eine Meile von uns weg. Wir haben scharfe Munition an Bord!« Das wiederholte er in regelmäßigen Abständen:

»Fischerboote ... bleiben Sie ...!«

Kapitänleutnant Berger ankerte mit kurzer Kette. Die vier Torpedoköpfe wurden versenkt. Beim letzten hatte sich die Sorgleine vertüdelt. HptBtsm Fillinger hatte die Taucher eingeteilt. HptGefr Altmann sollte, mit FGT ausgerüstet, die Vernichtungsladung anbringen und zünden. Maat Wiederholdt war Sicherheitstaucher für den Tag und hatte Pressluft. Fillinger selbst fuhr das Schlauchboot. Er schickte Maat Wiederholdt hinunter, um die Sorgleine zu klarieren. Er sollte unten dann den Webelein-Slip aufziehen, dann konnte die Winde das Hebetau einholen.

»Alles Klar!«, rief er, nachdem er wieder aufgetaucht war. Zu HptBtsm Fillinger sagt er:

»Die Köpfe liegen genau nebeneinander.«

»So soll's sein«, sagte Fillinger. Er ließ sich die Vernichtungsladung, das Zündkabel und die Zündmaschine ins Schlauchboot reichen und machte das O.K.-Zeichen hinauf zum Peildeck.

KptLt Berger hatte darauf gewartet. Er nahm das Oberdecksmikrofon und sagte: »Schmadding – Anker auf!« Die Besatzung der Hansa war routinemäßig auf Ankermanöverstation geblieben.

»Fischerboote!«, rief OMaat Brose durchs Megafon. »Bleiben Sie eine Meile von uns weg ...!«

Berger hielt die Hansa auf einem konstanten Abstand von einer halben Meile zum Schlauchboot. Der Navigationsmaat kontrollierte das am Radargerät. Der Kommandant hatte es ihm eingestellt.

»Der Abstandsring hier«, hatte er erklärt, »ist auf eine halbe Meile eingestellt. Der Kontakt hier«, er zeigte auf einen hellen, breiten Blip, »ist das Schlauchboot. Es muss immer außerhalb des Ringes bleiben.«

Berger stand auf dem Peildeck und beobachtete das Schlauchboot und die Fischerboote.

»Na, sowas«, sagte er halblaut vor sich hin. Im Schlauchboot saß ein zusätzlicher Mann.

Blaue Uniform.

Mütze.

Berger setzte sein Seeglas an die Augen.

»Da sitzt der Doktor«, sagte er zum Rudergänger neben sich.

HptGefr Altmeier war abgetaucht. Nach wenigen Minuten kam er zurück zum Schlauchboot. HptBtsm Fillinger und der Sicherheitstaucher halfen ihm ins Boot. Der Stabsarzt hob ein paar Mal zögernd die Arme, als ob er zufassen wollte. Berger lachte in sich hinein. Alles ging seinen gewohnten Gang.

Nachdem das Zündkabel abgespult war, und das Schlauchboot sich von der Bezeichnungsboje entfernt hatte, hob HptBtsm Fillinger den Arm.

Durch die Hansa ging ein spürbarer Ruck.

Ein scharfes Geräusch folgte.

Über der Detonationsstelle wurde ein flacher, weißer Berg sichtbar, als siedete das Meer an dieser Stelle.

Von ihren aufbrüllenden Dieselmotoren in schwarze Qualmwolken gehüllt, rasten die Fischer los.

»Fischerboote ...!«, rief OMaat Brose so laut er konnte.

An exakt der Stelle des weißen Berges erhob sich ein Ungetüm. Wasser und Schlamm schossen senkrecht in die Höhe. Es stieg hinauf, als wollte es nie aufhören zu steigen, und seine schiere Gewaltigkeit ließ das Schlauchboot mit den vier Männern darin escheinen wie ein Wasserfloh vor den Niagarafällen.

Die meisten Fischerboote hatten gestoppt. Aber eines war dem gewaltigen Ungetüm zu nahegekommen. Als die hochgeschleuderten Massen mit ohrenbetäubendem Getöse zurück ins Meer fielen, verschwand es darin fast vollständig.

Die Männer im Schlauchboot hatten nichts davon bemerkt. Sie konnten es nicht sehen. Auch bereiteten sie sich auf ihren Ritt auf der Welle vor. Bis auf HptBtsm Fillinger, der das Boot fuhr, saßen alle unten auf den Bodenplatten.

Die Welle war höher als sonst, und es schien, als wäre das Schlauchboot dieses Mal näher als gewöhnlich an der Sprengung gewesen. Anstatt in die Welle hineinzufahren, um sie dann zu surfen, wurde das Boot schlagartig angehoben, kam in gefährliche Schräglage und schoss die entstehende steile Wellenflanke hinunter. Fillinger drehte am Gasgriff des Motors, die Schraube grub sich ins Wasser ein, und das Boot raste in den entstehenden Wellentunnel hinein wie ein Profisurfer bei den Wettbewerben auf Hawaii.

Das Fischerboot bekam von der Welle nichts mit. Es war innerhalb des Kreises, wo sich die Welle bilden konnte. Aber innerhalb des Kreises kam alles, was vorher in die Höhe geschleudert worden war, wieder herunter.

Schlamm.

Gesteinsbrocken.

Abgerissenes Seegras.

Wasser.

Viel Wasser.

Das Boot wurde förmlich überschüttet. Die drei-Mann-Besatzung hatte in dem kleinen Ruderhaus Schutz gesucht und beobachtete mit Schrecken, wie das Inferno auf sie niederprasselte. So etwas hatte selbst der Skipper in vielen Jahrzehnten Seefahrtzeit noch nicht erlebt.

Den Minentauchern im Schlauchboot erging es nicht viel anders.

Nichts als Wasser.

Rotierendes Wasser, auf dem sie mit atemberaubender Geschwindigkeit diagonal hinunterschossen. HptBtsm Fillinger hielt den Gasgriff des Außenborders eisern umklammert und steuerte das Boot auf das runde Loch zu, das einen Ausgang aus dem grünen Tunnel, in dem sie sich befanden, versprach. Doch bevor das Boot dorthin gelangen konnte, brachen die rotierenden Wasserwände in sich zusammen.

Kapitänleutnant Berger boebachtete mit seinem Seeglas das Fischerboot und dann sein Schlauchboot mit den vier Männern darin. Als es in dem Wellentunnel verschwand, hielt er den Atem an. Er wusste, was kommen musste. Während seiner Urlaubsaufenthalte in Biarritz an der französischen Atlantikküste hatte er das Wellenreiten gelernt. »Einen Ritt in der ›Tube‹ können nur die besten Surfer meistern«, schoss es ihm durch den Kopf.

Für weitere Gedanken blieb keine Zeit. Als die Wasserröhre zusammenbrach, erschien – unerwartet – das Schlauchboot auf ebenem Kiel. Berger erkannte HptBtsm Fillinger am Außenborder und die beiden Taucher mit den Geräten auf dem Rücken. Das Boot war randvoll mit Wasser. Wie durch ein Wunder lief der Motor noch. Berger sah den weißen 2-Takter-Rauch des Auspuffs hinter dem Boot aufsteigen.

Wen er nicht sah, war der Doktor.

84

»Brose«, sagte Berger mit erzwungener Ruhe zu dem Obermaat neben sich, »nehmen Sie einen Taucher und das zweite Schlauchboot. Helfen Sie dem Fillinger ... und finden Sie den Doktor!«

Der Rudergänger hatte das Schauspiel auch beobachtet. Er zeigte auf eine Stelle zwischen dem Schlauchboot und der Hansa.

»Da!', rief er. »Da schwimmt er!«

Berger sah es auch. Eine dunkle Gestalt paddelte verzweifelt auf der Stelle, etwa 20 Meter vom Schlauchboot mit den Minentauchern entfernt.

OMaat Brose zog den Stabsarzt aus der See und brachte ihn aufs Schiff. Obwohl er nur wenige Minuten im kalten Wasser gelegen hatte, schlotterte der Doktor am ganzen Körper und konnte kaum gehen. Die Männer von der Hansa brachten ihn in die Taucherdusche, zogen ihn aus und drehten die heißen Wasserhähne auf. Trotz des Schocks, in dem sich der Doktor befand, strahlte er übers ganze Gesicht.

Nachdem Berger seinen Kontrolltauchgang vollendet hatte, nahm er sich das Fischerboot vor. ECKE 13 stand vorn am Bug aufgepinselt. Das Oberdeck war von Schlamm und Gesteinsbrocken übersät. Die Fischer hatten mit dem Aufklaren begonnen. Berger stieg vom Schlauchboot aus an Deck. Der Kapitän war im Ruderhaus. Er hatte Ölzeug an und war größer und breiter als Berger. Er hatte einen grauen Vollbart und eine ausgeblichene Pudelmütze auf dem Kopf.

»Moin«, sagte er.

Im Ruderhaus sah es aus wie auf einem Foto aus einem Yachtmagazin. Die Wände und das Dach waren frisch lackiert. Die Grätings waren fast weiß geschrubbt, und das Ruder sah aus wie neu und war mit kunstvoll gedrechselten Speichen und eingelegten Bronzeplatten versehen. Die waren so oft poliert worden, dass man die eingravierte Schrift nicht mehr entziffern konnte. Neben dem Ruder befanden sich die Armaturen und der Fahrhebel für die Maschine. Von der Decke hingen die Anzeigegeräte für Echolot, Decca und UKW-Sprechfunk. Der Star des Ruderhauses war der Magnetkompass. Nie zuvor hatte Max Berger ein derartiges nautisches Kunstwerk gesehen.

Der Skipper von ECKE 13 hätte Bergers Großvater sein können. Er reichte dem Kapitänleutnant die Hand. Berger

ergriff sie. Besser, er versuchte es. Er hatte das Gefühl, ein für
seine Verhältnisse überdimensionales Stück Holz umschließen
zu müssen, das zu allem Überfluss noch versuchte, seine Hand
zu zermalmen.

Das Alter des Mannes respektierend, stellte Berger sich vor.
Er erklärte dem Skipper seinen Einsatz, dass es gefährlich sei,
sich in der Nähe einer Sprengung aufzuhalten, und dass es
idiotisch sei, so dicht an einen Detonationsort heranzufahren,
ohne die Warnungen der Hansa zu beachten.

Der Alte sagte nichts. Er drehte sich um und schnitt mit
seinem Fischermesser einen Streifen von einem
Räucherschinken ab, der in einer Ecke des Ruderhauses von
der Decke hing. Er reichte dem Marineoffizier den Streifen.
Dann nahm er eine Flasche aus dem Flaschenhalter neben dem
Kompass und reichte sie Berger ebenfalls. Er sah sein
Gegenüber wortlos an.

Max Berger biss ein Stück vom Schinken ab und kaute. Dann
betrachtete er die halbleere Flasche in seiner anderen Hand. Da
war kein Etikett drauf, und ganz neu sah sie auch nicht mehr
aus. Er setzte sie an den Mund und trank einen Schluck von
der klaren Flüssigkeit darin.

»Hölle!«, krächzte er, nachdem er wieder Luft zum Sprechen
hatte. »Was ist das denn ...?«

Der Alte verzog keine Miene, aber ein schadenfrohes Zucken
in seinen Augen entging Berger nicht.

»Fröhstück, Middag, Avend«, sagte der Fischer mit tiefer,
klarer Stimme. Während Berger seinen Schinken verzehrte,
erzählte der Fischer, wie schwierig alles geworden sei.

»Ich bin 85«, sagte er. »Da draußen an Deck sind meine zwei
Söhne. Jetzt, wo es kaum noch Fisch gibt in der Ostsee und
alles reguliert ist, müssen wir das Boot bald verkaufen ... oder
Angelfahrten machen ... oder ...«

»Trotzdem«, sagte KptLt Berger.

»Ich weiß«, sagte der Alte. »Aber die Dorsche, die wir so mit
dem Käscher kriegen, helfen ...«

»Die meisten liegen auf dem Grund«, sagte Berger. Er stellte
die Schnapsflasche zurück in den Halter neben dem Kompass.
»Die wenigsten treiben auf.«

Kapitänleutnant Berger nahm HptBtsm Fillingers Super-Ritt
auf der Welle zum Anlass, seinen Tauchern wieder einmal ins
Gewissen zu reden. Zurück im Suchgebiet, ließ er alle auf dem
Achterdeck zusammenkommen. Der Stabsarzt war ebenfalls

auf die Ansage über Bordlautsprecher hin erschienen. Er lächelte immer noch vor sich hin.

»Das war so ziemlich der größte Rums, den wir bis jetzt hatten«, begann Berger. »Die Surferei heute, Hauptbootsmann Fillinger, war scheiße. Ich will Ihnen mal sagen, warum: Sie sind kein Surfer. Und ein Schlauchboot ist kein Surfbrett. Schon lange nicht mit einem Stabsarzt drin ...« Berger wandte sich an den Stabsarzt:

»Wieder okay, Doktor?« Der Stabsarzt nickte. »Meine Mütze habe ich verloren«, sagte er.

»Willkommen im Klub«, sagte Max Berger, und es war ihm egal, ob jemand verstand, was er damit meinte. »Fillinger – was ist kaputtgegangen bei Ihrem Ritt?«

»Die Zündmaschine, Herr Kaleu ... der E-Maat hat sie gecheckt. ›Tot‹, hat er gesagt.«

»Dafür wird Sie der Chef sehr wahrscheinlich zur Kasse bitten«, sagte Berger. »Jetzt zu der Surferei an sich ...«

Er sagte, dass er einsehe, dass es nicht leicht sei, täglich mit diesem unstabilen Zeug durch die Gegend zu fahren. Dass dann und wann der Adrenalinpegel durcheinanderkommt, sei verständlich.

»Aber dennoch«, sagte er, »wir sind Soldaten, wenn wir mit unserem Dick-und-Warm im Moment auch nicht so aussehen ... und als Soldaten müssen wir Disziplin bewahren. Auch Disziplin uns selbst gegenüber, und eine Versuchung muss man auch mal unterdrücken können ... versteht eigentlich jemand, was ich hier sage?« Berger guckte jeden Einzelnen vor sich an. Er sah blanke Gesichter. Weder Zustimmung noch Abneigung.

»Also«, fuhr er fort, »wenn schon surfen, dann auch richtig. So geht's ...«

Er beschrieb, wie eine Welle aufgebaut war, und in welcher Position man sich befinden muss, damit man einen passablen Ritt bekommt.

»Man kann jede Welle surfen, wenn man sich im richtigen Moment an der richtigen Stelle befindet«, sagte er. »Und Größe kann man zeigen, wenn man eine Welle, die nicht richtig aussieht, nicht nimmt«, schloss er. »Verstanden?«

»Jawohl, Herr Kaleu!«

Kapitänleutnant Max Berger war mit Sicherheit der einzige Marineoffizier in der Geschichte aller deutschen Marinen, der seinen Leuten Unterricht zum Surfen mit dem Schlauchboot erteilt hatte.

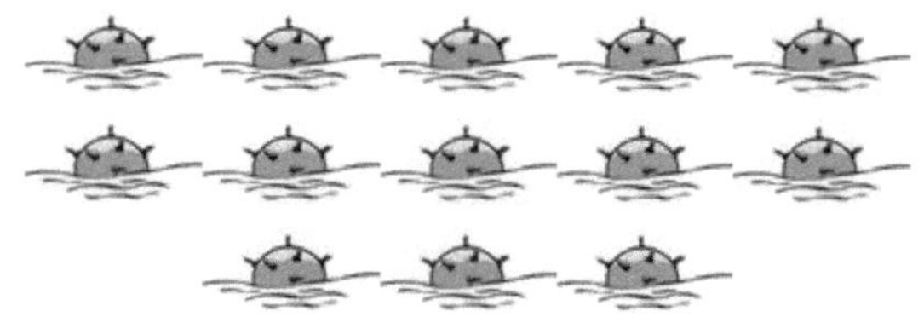

Die Fischer hatten verstanden, und die Taucher auch. KptLt Berger beugte sich über das Einsatzplot. Über die Hälfte des Gebietes hatten sie freigeräumt und viele Tonnen alten Sprengstoff über die Ostsee gekarrt. Wenn das Wetter stabil bleiben würde, würden sie vor dem gesetzten Termin fertig werden.

Um der Besatzung die Gelegenheit zum Auftanken zu geben, entschied Berger, für ein langes Wochenende nach Olpenitz zu laufen. Sie brauchten auch Wasser und Brennstoff. Die Kombüse hatte sich auch schon über den Mangel an frischem Proviant beklagt. Täglich Dorsch war nicht jedermanns Sache. Dazu gab es jeden Tag frisches Brot, und der Koch gab sich größte Mühe, aus Dosenproviant Essbares zu schaffen. Berger war damit zufrieden, aber besonders die jüngeren Taucher wie Maat Wiederholdt und HptGefr Altmeier, die bei einer Mahlzeit jeder zwei ganze Brote vertilgen konnten, zogen allmählich lange Gesichter.

Als Berger die Tür zum Funkraum öffnete, um dem Funker die SITREPS und MOVREPS zu diktieren, wäre er beinahe mit Obermaat Winter zusammengestoßen.

»Ein Spruch, Herr Kaleu«, sagte der Funker und hielt dem Kommandanten sein Clipboard hin.

Berger las: »FM FLOTTENKOMMANDO

TO EINSATZLEITER MINENTAUCHEREINSATZ VOR STEIN STOP

PRESSEBOOT MIT ZEITUNGS- UND FERNSEHREPORTERN HAT GENEHMIGUNG UEBER DEN EINSATZ VOR STEIN ZU BERICHTEN STOP

UNTERSTUETZUNG IM RAHMEN DER SICHERHEITSVORSCHRIFTEN IST ZU GEWAEHRLEISTEN STOP

PRESSEOFFIZIER AN BORD DES PRESSEBOOTES WIRD OPERATION KOORDINIEREN STOP«

Max Berger las den Spruch dreimal. Dann noch einmal.

»Das kann nicht wahr sein«, sagte er laut. »Ist das wirklich für uns?«, fragte er den Funker.

»Hier steht's, Herr Kaleu.« Der Funker deutete auf die Adresse.

Da war kein Zweifel.

»Und wann?«, fragte Berger. »Da steht kein Datum.«

Der Funker ging zurück in seine Funkbude und prüfte die Kladde.

»Hier, Herr Kaleu, habe ich vergessen auszuschreiben.« Er zeigte dem Kommandanten das Datum in der Kladde.

»Mist!«, sagte Berger, aber er zeichnete den Spruch trotzdem ab. Er ließ den Leitenden der Hansa und HptBtsm Fillinger zu sich kommen.

»Übermorgen kommt die Presse. Zeitung und Fernsehen. Haben gerade einen Funkspruch vom Flottenkommando bekommen. Mehr weiß ich auch nicht. Wird nichts mit dem langen Wochenende ... machen wir anschließend.«

»Sollen wir was vorbereiten, Herr Kaleu?«, fragte der Leitende.

»Nee«, sagte Berger. »Wir machen einfach so weiter. Business as usual.«

Das Presseboot kam wie angekündigt. Die Hansa lud gerade den dritten Torpedokopf aufs Achterdeck. Die Spinne vernebelte das halbe Schiff. Der Wind hatte zugenommen. Er blies mit drei Windstärken aus Nordost, und kleine Schaumkronen bildeten sich auf den Wellen. Der Himmel war fast ganz bedeckt, nur manchmal traute sich die Sonne hinter den Wolken hervor.

Das Presseboot war ein V-Boot der Marine.

»Die müssen ja schon mitten in der Nacht losgefahren sein«, sagte Hauptbootsmann Fiedler. Das Boot schaukelte nicht schlecht. KptLt Berger konnte ein paar Zivilisten erkennen. Dann erschien ein Marineoffizier. Er winkte.

»Brose, gehen Sie aufs Peildeck und sagen Sie Ihren Spruch auf«, sagte Berger.

Der dritte Torpedokopf kam aufs Achterdeck. Der Leitende holte das Hebetau mit der Winde steif, und der Schmadding belegte die Leine auf dem Poller. Eingefahrene Sache inzwischen.

»Marine-V-Boot!«, kam es vom Peildeck. »Bleiben Sie eine Meile von uns weg. Wir haben scharfe Munition an Bord ...!« OMaat Brose zeigte auf die großen roten Flaggen an den Signalleinen der Hansa.

Das V-Boot rührte sich nicht vom Fleck. OMaat Brose wiederholte seinen Spruch, und das V-Boot drehte ab.

Die Hansa ging Anker-auf und dampfte auf die Versenkungsposition zu. Auf dem V-Boot stand der Marineoffizier im Bugkorb und winkte mit beiden Armen. Berger konnte mit dem Seeglas erkennen, dass es ein Korvettenkapitän war. Langsam folgte das Boot der Hansa.

OMaat Brose wurde wieder am Megafon aktiv: »V-Boot! Bleiben Sie eine Meile ...«

Das V-Boot dackelte im Kielwasser der Hansa in gebührendem Abstand hinterher. Im Bugkorb hatte die Besetzung gewechselt. Statt des Korvettenkapitäns stand da ein Kameramann. Er stemmte sich mit der Seite gegen die hochgezogene Reling, um die Schaukelei des kleinen Fahrzeugs auszugleichen. Er hatte das Minentaucherboot im Sucher. Der Wassernebel auf dem Achterdeck zauberte im Gegenlicht ein Kaleidoskop aus Farben hervor.

In der Kabine des Bootes war der Rest des Fernsehteams, bestehend aus der Moderatorin und dem jungen Mann, der den Ton aufnahm. Dann waren da noch zwei Reporter von lokalen Tageszeitungen. Gefahren wurde das Boot von einem Marine-Obergefreiten. Auf seinem Mützenband stand »Marinestützpunktkommando Kiel«, und er hatte einen dicken Winterkolani an. Der Korvettenkapitän war ein kleinwüchsiger, dicklicher Mensch mit rosafarbenem Gesicht und flinken, kleinen blauen Augen. Seine Augenbrauen und Wimpern waren so hellblond, dass man meinte, er hätte keine. Er hatte eine fellgefütterte Parka an. Alle Insassen des V-Bootes trugen aufblasbare Standardschwimmwesten.

»Fahren Sie so weiter«, sagte der Korvettenkapitän.

»Jawohl, Herr Kap'tän«, sagte der Obergefreite.

»Wir müssen dichter ran«, sagte die TV-Moderatorin. »So bringt das doch nichts ...!« Sie schnalzte vorwurfsvoll mit der Zunge und schüttelte den Kopf. Sie war eine zierliche Brünette mit langen braunen Haaren und Kamera-freundlichem Make-up. Sie trug einen full-body Segleranzug und eine Hans-Albers-Mütze.

Der Dieselqualm vom Auspuff des V-Bootes wirbelte in die Kabine hinein. Die beiden Reporter hielten sich Taschentücher über Mund und Nase. Beide schrieben in ein Notizbuch, und beide waren ziemlich blass um die Nase.

»Herr Korvettenkapitän! Wir müssen dichter an das Schiff heran. Ich brauche eine Aufnahme von der Seite!«, sagte die Moderatorin etwas lauter als vorher.

Der Korvettenkapitän sah nach vorn und sagte nichts.

»Das Minentaucherboot hat gestoppt«, sagte der Obergefreite.

»Maschine, Stopp!«, sagte der Korvettenkapitän.

»Maschine, Stopp«, wiederholte der Obergefreite und stoppte die Maschine des V-Bootes. Es legte sich quer zur See. Die beiden Reporter sahen sich an. Der eine rollte die Augen zur Kabinendecke. Der Kameramann im Bugkorb nahm die Kamera vom Auge und hielt sich an der Reling fest.

Der Korvettenkapitän ließ das V-Boot dichter an die Hansa heranfahren, was sofort mit der erneuten Aufforderung, eine Meile von dem Schiff wegzubleiben, quittiert wurde. Er ließ das Boot wieder anhalten. Alle auf dem V-Boot beobachteten, wie das Minentaucherboot ankerte, drei Objekte über den Achtersteven in der Ostsee versenkte, und dann Anker-auf ging. Ein Schlauchboot blieb an der Versenkungsstelle, und das Schiff entfernte sich ein gutes Stück davon. In einigem Abstand von dem Minentaucherboot bemerkten die Presseleute drei Fischerboote.

»Gehen Sie bei dem Schiff längsseits«, sagte der Korvettenkapitän zu dem Obergefreiten. Der Mann quittierte und fuhr los. Als die erneute Warnung von dem Minentaucherboot kam, sagte der Korvettenkapitän: »Weiter-fahren!«

Die TV Moderatorin nickte beifällig.

Kapitänleutnant Berger sieht, dass das V-Boot trotz der Warnungen näherkommt. Er lässt sich das Megafon geben und ruft zum Schlauchboot rüber: »Alles auf Null!«

OBtsm Leichthammer ist im Schlauchboot. Er bestätigt und hält den Taucher mit dem FGT zurück, der dabei gewesen ist, ins Wasser zu gehen. Der Schmadding der Hansa lässt Fender ausbringen und legt zwei Leinen zum Festmachen des V-Bootes zurecht.

»Wer hat hier die Befehlsgewalt?«, fragt der Korvettenkapitän mit seiner hohen, dünnen Stimme, als er über die Reling an Bord der Hansa klettert.

»Der Kommandant«, sagt der Schmadding und zeigt zum Peildeck.

»Herr Kap'tän!«, sagt der Korvettenkapitän.

»Herr Kap'tän«, sagt der Schmadding.

Der Korvettenkapitän steigt hinauf zum Peildeck und guckt sich um. Da ist der Rudergänger, ein Mann mit einem Megafon, und ein anderer in einem weißen Rollkragenpullover und einer Russenmütze mit Sowjet-Emblem auf dem Kopf.

»Kapitänleutnant Berger«, sagt der Mann mit der Russenmütze und erhebt sich aus dem Sitz neben dem Rudergänger.

»Was iss'n das hier?«, fragt der Korvettenkapitän.

»Minentaucherboot Hansa«, sagt Berger. »Sie stören uns dabei, drei 320kg-Torpedoköpfe hochzujagen.«

»Herr Käp'tän!«, sagt der Korvettenkapitän.

OMaat Brose, mit dem Megafon, lacht kurz. Der Korvettenkapitän wird sichtlich ärgerlich. Er sei so etwas nicht gewöhnt, sagt er. Wieso niemand vorgeschriebene Kleidung trage. Niemand Meldung mache. Das Presseboot sei angekündigt worden, und ab sofort sei er der Koordinator dieses »Spiels«. Er lehnt sich über die seitliche Winddüse und ruft hinunter zum V-Boot: »Leute! Übersteigen!«

Die TV-Menschen und die beiden Zeitungsreporter klettern auf die Hansa. Die Zeitungsjungs sind sichtlich erleichtert, und die TV-Moderatorin hetzt ihre Crew auf dem Schiff herum. Berger ordert Oberbootsmann Leichthammer und die Taucher, die die Torpedoköpfe sprengen sollten, zurück zur Hansa.

»Kann ich mal was sagen«, sagt er dann zu dem Korvettenkapitän.

Der Mann macht eine duldsame Gebärde. Berger erklärt dem Korvettenkapitän in groben Zügen, was sie machen würden, und dass dies kein »Spiel« sei, wie sich der Korvettenkapitän ausgedrückt habe.

»Es würde helfen, wenn Sie das der Dame vom Fernsehen mal erklären. Mit Ihrer Erlaubnis würde ich gerne bald weitermachen, denn wir haben einen Termin, den wir einhalten müssen.«

Der Korvettenkapitän lässt sich auf eine Diskussion mit der TV-Moderatorin ein. Dann kommt er zurück zu Berger.

»Also«, sagt er, »ich bin ausgebildeter Schiffstaucher. Über Tauchen brauchen Sie mir nichts zu erzählen. Ich habe meinen Taucheranzug im V-Boot. Ich ziehe mich um, sie geben mir ein Gerät. Ich stehe dort.« Er zeigt zur Reling auf dem Achterdeck. »Da erkläre ich vor laufender Kamera, was gleich passieren wird, dann springe ich ins Wasser. Die Kamera folgt mir ... wie ich abtauche.« Der Korvettenkapitän macht eine Pause. »Dann können Sie ihre Knallerbsen loslassen. Wir filmen das vom V-Boot aus.« Er nickt einige Male gewichtig. »Dann sind wir wieder weg«, fügt er hinzu und verschwindet.

Inzwischen befinden sich alle Taucher und die gesamte Besatzung der Hansa auf dem Oberdeck. Die TV-Moderatorin weist dem Kameramann eine Position zu und der Tonmensch testet sein Mikrofon. Berger hat HptBtsm Fillinger beauftragt, eine Pressluftausrüstung für den Korvettenkapitän auf dem Achterdeck auszulegen: Flossen, Maske, Gerät, Bleigurt, Doppelschlauchautomat.

»Bei uns macht jeder Taucher sein Gerät selbst fertig«, sagt Fillinger zum Korvettenkapitän.

»Herr Kap'tän«, sagt der Korvettenkapitän.

»Herr Kap'tän«, sagt HptBtsm Fillinger.

Der Korvettenkapitän hat einen brandneuen Neoprenanzug an. Alle schauen zu, wie er sein Gerät tauchfertig macht. Die TV-Moderatorin schubst den Kameramann durch die Gegend, damit er alles filmt. Der Korvettenkapitän gibt das Zeichen, dass er fertig sei zum Tauchen. Der Schmadding der Hansa hakt den Relingsdraht aus einer Relingsstütze, damit der Korvettenkapitän von dort ins Wasser springen kann. OMaat Einfeld geht auf den Korvettenkapitän zu. OMaat Brose hält ihn zurück.

Alle Taucher haben es bemerkt. Der Korvettenkapitän hat vergessen, den Lungenautomaten an sein Gerät zu schrauben. Er hat den Doppelschlauchautomaten ganz zu Anfang zur Seite gelegt. Nun steht er an der Reling. Pressluftgerät auf dem Rücken, Flossen an den Füßen, Bleigurt um den Bauch, die Tauchermaske hat er wie Hans Hass keck auf die Stirn gesetzt. Er lächelt in die Kamera.

Die TV-Moderatorin sagt: »Herr Korvettenkapitän, sagen Sie doch mal unseren Zuschauern zu Hause, was hier gleich passieren wird.«

»Wir sind hier auf dem Minentaucherboot Hansa«, erklärt der Korvettenkapitän. »Da drüben liegen scharfe Minen, die den Schiffsverkehr erheblich gefährden. Wir werden diese Dinger für immer unschädlich machen.«

Die TV-Moderatorin lächelt, nickt und bedeutet dem Korvettenkapitän, weiterzureden.

»Diese gefährlichen Minen«, sagt der Korvettenkapitän und deutet auf die weite Ostsee, »werden wir jetzt in die Luft jagen!«

Er zieht die Maske von der Stirn auf sein Gesicht und fällt mehr als dass er springt die zwei Meter hinunter ins kalte Wasser.

Die Kamera folgt, der Tonmensch richtet sein Mikrofon nach unten.

Die Taucher lachen.

Der Korvettenkapitän klatscht mit dem Bauch zuerst auf die Wasseroberfläche. Seine Tauchermaske wird ihm vom Kopf gerissen. Er schnappt nach Luft, merkt, dass er keinen Lungenautomaten hat. Der Bleigurt zieht ihn nach unten. Er strampelt mit den Beinen, schluckt Wasser, hustet, sinkt, kommt wieder an die Oberfläche, sinkt wieder.

Die TV-Moderatorin schreit:

»Scheiße! ...« Und wieder: »Scheiße ...!«

Max Berger gibt OBtsm Leichthammer ein Zeichen. Der springt ins Schlauchboot, HptGefr Altmeier folgt ihm, und zusammen ziehen sie den hustenden Korvettenkapitän aus dem Wasser. Sie nehmen ihm Gerät und Bleigurt ab und legen ihn an Deck.

Der Stabsarzt kommt mit dem Stethoskop und seinem Arzt-Köfferchen. Er behandelt den Korvettenkapitän wie einen vor dem Ertrinken Geretteten. Der Kameramann filmt alles, der Tonmensch rennt ihm hinterher, die TV-Moderatorin schreit wieder: »Idiot!« Und niemand weiß, wen sie meint.

»Guck dat Marjellchen«, sagt Hauptbootsmann Fiedler, und man sieht ihm an, dass er von ganzem Herzen genießt, was er sieht.

Der Korvettenkapitän wird in die Taucherdusche gebracht. Da ist es warm. Der Doktor ist bei ihm.

Kapitän Berger schickt seine Besatzung wieder auf ihre Stationen und lässt die eingeteilten Taucher auf Stand-by, um die Torpedoköpfe zu sprengen.

Die TV-Moderatorin verschwindet wutschnaubend in der Taucherdusche. Nach ein paar Minuten kommen beide, der Korvettenkapitän und die Frau, an Deck. Der Korvettenkapitän sieht nicht gut aus. Er hat sich in seine Uniform mit Parka umgezogen, aber kann seine Mütze nicht finden. Seine dünnen, weißblonden Haare werden vom Wind zerzaust, und er versucht vergebens, sie mit einer Hand über seine beginnende Glatze zu streichen.

Inzwischen ist die Hansa ein gutes Stück abgetrieben. KptLt Berger lässt dem Obergefreiten im V-Boot sagen, er solle ablegen und der Hansa folgen.

»Das ist nicht nötig«, sagt der Korvettenkapitän. »Wir filmen vom V-Boot aus.« Er steigt mit dem Fernsehteam auf das V-Boot über. Die Zeitungsreporter bleiben auf der Hansa. Sie schreiben unentwegt in ihr Notizbuch. Berger manövriert sein Schiff zu den versenkten Torpedoköpfen. Die rote Bezeichnungsboje ist klar auszumachen. Das Schlauchboot mit OBtsm Leichthammer, Maat Wiederholdt mit dem FGT und Btsm Lochner als Sicherheitstaucher bleibt bei der Boje. Sie haben die Vernichtungsladung, das lange Zündkabel und die Zündmaschine an Bord. KptLt Berger fährt die Hansa auf den gewöhnlichen Abstand zum Detonationsort. Er sieht sich nach dem V-Boot um. Es kommt näher.

Den Fischern hat das alles zu lange gedauert. Ihre Boote sind nur noch graue Punkte in der Entfernung.

Wie immer beobachtet KptLt Berger vom Peildeck der Hansa aus seine Taucher im Schlauchboot. Maat Wiederholdt hat die Ladung angebracht. Er ist wieder im Boot. Langsam fährt OBtsm Leichthammer das Schlauchboot auf das Minentaucherboot zu. Die Zündleitung wird abgespult.

Aus dem Augenwinkel sieht Berger das V-Boot. Der Kameramann steht im Bugkorb. Das Boot hält auf das Schlauchboot zu. Es ist in voller Fahrt. Berger kann den kleinen Dieselmotor bis zur Hansa hin rattern hören. Die Taucher auf dem Achterdeck fangen an zu rufen:
»Stopp! ... Halt! ... Nicht weiterfahren ...!!«
OBtsm Leichthammer, im Schlauchboot, dreht sich um. Auch er sieht das V-Boot und fuchtelt mit den Armen. Das Boot fährt unbeirrt weiter, gelangt zwischen das Schlauchboot und die rote Bezeichnungsboje, wo die drei Torpedoköpfe mit der scharfen Vernichtungsladung liegen. OBtsm Leichthammer dreht das Schlauchboot auf die rote Boje zu. Er gibt Gas. Er sieht, dass das V-Boot in wenigen Sekunden in die Zündleitung hineinfahren wird. Er will Lose schaffen, das Kabel in die Tiefe sinken lassen.

In 20 Meter Wassertiefe herrscht eine grau-grüne Stimmung. Die drei Torpedoköpfe liegen dicht zusammen. Fast auf einem Haufen. Einzelne kleine Fische beäugen die Neuankömmlinge neugierig. Am untersten Kopf, gut gegen den Meeresboden verdämmt, liegt die Vernichtungsladung. Zehn Kilogramm

TNT. Aus einem engen Loch schauen die Enden der Sprengkapsel heraus. Sie sind durch Klemmen mit den blanken Enden des Zündkabels verbunden. Das Kabel ist mehrere Male um die Vernichtungsladung herumgewickelt. In einem losen Bogen zeigt es hinauf zur Oberfläche und verliert sich gegen die Helligkeit des Himmels, der das Wasser trübe und verwischt erscheinen lässt.

Plötzlich und ohne Ankündigung kommt das Zündkabel steif. Wie eine Gitarrensaite vibriert es für einen Moment. Spannt sich fast zum Zerreißen. Die Vernichtungsladung wird aus ihrer Verankerung gerissen, rast in gerader Linie der Oberfläche entgegen. Schneller und schneller wird sie mit großer Kraft der Helligkeit entgegengezerrt.

Auf dem V-Boot sitzt die TV-Moderatorin achtern auf der Ducht und gestikuliert. Sie treibt den Obergefreiten, der das Boot fährt, an, weiter zu beschleunigen. Sie will den Moment der Detonation nicht verpassen. Der Kameramann lässt die Kamera schnurren. Der Korvettenkapitän sitzt innen im Boot. Es geht ihm nicht gut. Plötzlich gibt es einen Schlag gegen den Boden des V-Bootes. Der Motor stoppt abrupt. Der Obergefreite guckt die Moderatorin an. Die schreit: »Fahren Sie weiter!«

Der Korvettenkapitän bemerkt, dass etwas nicht stimmt. Er erhebt sich und wundert sich, warum alles so still ist.

Der Motor des V-Bootes steht.

Kein Mensch ist zu hören.

Der Korvettenkapitän hangelt sich aus der schaukelnden Kabine nach achtern. Alle Blicke sind auf das V-Boot gerichtet. Die Moderatorin spürt auch, dass etwas nicht richtig ist.

Spannung liegt in der lauen Winterluft. Jeder an Bord der Hansa, jeder im Schlauchboot, und jeder im V-Boot spürt, dass es nur einen Funken braucht, um das Inferno auszulösen.

KptLt Berger hat gesehen, wie das V-Boot ins Zündkabel hineingefahren ist. Wie der Draht dem OMaat Wiederholdt aus der Hand gerissen worden und unter dem V-Boot verschwunden ist. Im Geiste hat er schon gesehen, wie die zehn Kilogramm TNT, gut vom Seewasser verdämmt, unter dem Achterschiff des V-Bootes explodieren, und das Boot und die Menschen darin in geborstenes Holz, Stahlschrapnelle, Knochensplitter und Gewebefetzen verwandeln.

»V-Boot!«, ruft er durch das Megafon. »Alle langsam und vorsichtig zum Bug gehen!« Und dann: »Leichthammer, nimm die Leute vom V-Boot und bring sie her!«

Er dreht sich zu Brose um: »Die Schraube hat das Zündkabel aufgewickelt, und der Kabelklumpen hat die Welle blockiert. Wahrscheinlich hängt die Ladung irgendwo unter dem V-Boot.« Berger macht eine Wickelbewegung mit den Händen.

»Nimm ein Pressluftgerät und lass dich von Leichthammer rüberfahren. Seitenschneider reicht sicher. Einfach einen Draht nach dem anderen kappen und die Sprengkapsel rausnehmen ... weißt du ja. Und nimm den Sicherheitstaucher mit. Macht alles fertig, ich sage Bescheid, wann es losgeht ...« Brose ist schon vom Peildeck und redet mit Leichthammer auf dem Achterdeck. Er hat die Leute vom V-Boot auf die Hansa gebracht.

»Kapitänleutnant ...« Der Korvettenkapitän erscheint auf dem Peildeck. Max Berger schneidet ihm mit einer Handbewegung das Wort ab. Er hat Wichtigeres zu tun.

Nach einer weiteren Viertelstunde gibt er das Signal. OBtsm Leichthammer fährt mit dem Schlauchboot los. Das V-Boot ist seitwärts mit dem Wind vertrieben. Es rollt heftig in der kurzen See. Die Hansa folgt in einigem Abstand. AllerAugen ruhen auf dem Schlauchboot und dem treibenden V-Boot. Der Stabsarzt ist zu Berger aufs Peildeck gekommen. Der Korvettenkapitän lehnt weiter hinten am Mast. Seine durcheinandergekommene Frisur ist ihm offenbar egal. Die TV-Crew ist auf der Back. Sie hätte ein technisches Problem, sagt die Moderatorin. Die beiden Zeitungsreporter sitzen daneben und flüstern miteinander.

»Ist das gefährlich?«, fragt der Doktor.

»Wenn mit der Ladung etwas verkehrt wäre, hätte es schon gerumst«, sagt Berger. »Der Brose muss nur die Sprengkapsel rauskriegen ... wer weiß, wo das Zeug hängt ... normalerweise kann man mit dem Hammer auf dem TNT rumhauen. Da passiert nix. Das Problem ist die Sprengkapsel ...«

Neben dem V-Boot lässt sich OMaat Brose rückwärts aus dem Schlauchboot ins Wasser rollen. Er taucht ab. Das Schlauchboot fährt auf Abstand. Nach wenigen Minuten nur kommt Brose an die Oberfläche. Er macht ein Zeichen. Das Schlauchboot fährt zu ihm, nimmt ihn ins Boot.

»Die Ladung klemmt zwischen einem Schraubenflügel und dem Boden vom Boot«, sagt Brose zu Berger auf dem Achterdeck. Die Sprengkapsel sei nicht zu erreichen, da sie genau gegen den Boden des V-Bootes gepresst wird. Darum sei auch der Motor des V-Bootes stehengeblieben. Die Verbindung Kapsel-Zündkabel habe er schon durchtrennt.

»Das Zündkabel ist« in einem Knäuel in die Schraube gewickelt«, sagt er.

Sie entscheiden, die Ladung mit einer langen Leine aus ihrer Position herauszureißen. Beim V-Boot angekommen, legt OMaat Brose mit einem Ende der Leine einen Webeleinstek um die Ladung und sichert ihn mit einem halben Schlag. Die Vernichtungsladung sitzt zwischen Schraube und dem Boden des V-Bootes wie festgeschweißt. OMaat Brose zieht sich ins Schlauchboot. Er legt sich bäuchlings auf den Bugwulst und fiert die Reißleine, während OBtsm Leichthammer rückwärtsfährt. Die Leine wird durch das Bugauge am Schlauchboot geführt und am Achtersteven belegt. Es wäre nicht das erste Mal, dass ein Bugauge abreißen würde.

Als die Leine steif kommt, legen sich OMaat Brose und der Sicherheitstaucher flach auf den Boden des Schlauchbootes. OBtsm Leichthammer fährt ein paar Meter in die Leine hinein, um Lose zu schaffen. Dann schaltet er in den Rückwärtsgang und gibt Vollgas.

Die steifkommende Leine schlägt wie eine Peitsche auf die Meeresoberfläche. Wasser fliegt durch die Luft. Das V-Boot bekommt einen Ruck.

OBtsm Leichthammer kann nicht beurteilen, ob die Ladung gelöst wurde. Zu sehr war er damit beschäftigt, während des Rucks auf den Füßen zu bleiben. Er lässt das Schlauchboot in die Reißleine sacken. Sie zeigt immer noch gerade auf das V-Boot.

»Mist«, sagt KptLt Berger zum Leitenden der Hansa neben sich.

»Herr Kaleu«, sagt der Leitende, »die Schraube dieser V-Boote dreht rechtsrum. Wenn man, so, wie das Schlauchboot jetzt in See liegt, die Leine an dem unteren Propellerflügel festmacht, und dann reißt, sollte sich die Schraube genug drehen, dass die Ladung freikommt.«

»Der Motor ist im Vorwärtsgang abgewürgt worden«, sagt Berger. »Dann muss der ganze Motor mit gedreht werden ... gegen seine Laufrichtung.«

»Auskuppeln«, sagt der Leitende. »Das geht über Seilzug ...«

»Sie sind ein Genie!«, sagt Berger, ruft das Schlauchboot zurück zur Hansa und erklärt seinen Männern den neuen Plan. Der Fahrer des V-Bootes bestätigt, dass das Getriebe im

Vorwärtsgang gewesen sei, als der Motor abgewürgt worden ist. Brose klettert erst auf das V-Boot, kuppelt das Getriebe aus, dann legt er die Reißleine so um die Schraube, dass sie gegen den Uhrzeigersinn gedreht werden kann.

Die Vernichtungsladung kam frei. Die Sprengkapsel konnte entfernt werden, und Berger ließ beide Teile als neue Vernichtungsladung bei den drei Torpedoköpfen dazulegen. Als die Schraube des V-Bootes vom aufgewickelten Zündkabel befreit war, brachte der Obergefreite vom Stützpunktkommando Kiel sein Boot bei der Hansa längsseits. Dort musste es bleiben, bis der ganze Zirkus vorüber war, entschied Kapitänleutnant Berger. Der Korvettenkapitän erholte sich langsam, war aber auffällig schweigsam.

Die TV-Moderatorin bekam einen Platz auf dem Achterdeck zugeteilt, wo sie ihre Leute herumkommandieren konnte. Maat Wiederholdt jagte die drei Torpedoköpfe hoch. Nachdem die Wassersäule in sich zusammengebrochen war, stellte der Kameramann sein Gerät ab. Als die TV-Moderatorin sah, dass der Mann nicht mehr filmte, während die Minentaucher die entstandene Welle hinuntersurften, fing sie wieder an zu schreien.

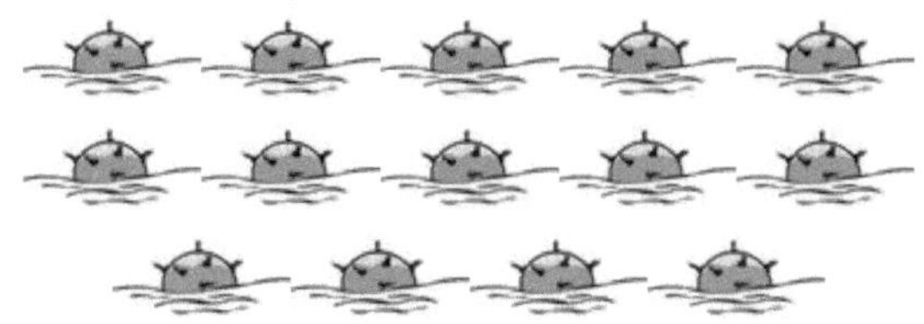

Nachdem die drei Torpedoköpfe vernichtet worden waren und das V-Boot zurück nach Kiel lief, drehte die Hansa ab in Richtung Olpenitz. Bevor das Minentaucherboot seine Marschfahrt aufnahm, fischte die Besatzung noch jede Menge Dorsche mit aufgeblasenen Bäuchen aus dem Wasser. Kapitänleutnant Berger diktierte unterwegs, was der Navigationsmaat ins Logbuch schreiben sollte. Er schilderte, kurz und sachlich, was sich zugetragen hatte. Das idiotische Verhalten des Korvettenkapitäns, dessen Namen Berger nicht einmal wusste, erwähnte er nur am Rande. Der Funker setzte die SITREP- und MOVREP-Meldungen ab, und als das erledigt war, ließ Max Berger den Leitenden die Kantine aufmachen und spendierte jedem Mann an Bord ein Freibier.

Es war Nacht, als die Hansa in Olpenitz einlief. Der Hafen war fast leer. KptLt Berger suchte sich einen Platz an einer Schwimmpier mit einer Telefonzelle aus, rief trotz der späten Stunde seine Frau an, und eine Stunde später stand sie strahlend mit dem Austin Healey auf der Pier.

Die Taucher hatten ein paar Tage Sonderurlaub. Die Hansa benötigte die Zeit zum Bunkern und Versorgen. Für die Stammbesatzung war es ziemlich egal, wo ihr Schiff lag. Wer in Eckernförde ortsverheiratet war, organisierte seinen Pendlerverkehr selbst. Die Minentaucherkompanie stellte einen Jeep mit Fahrer zur Verfügung. Damit war es für den Smut einfach, in Kappeln einzukaufen. Durch den Verpflegungs-zuschuss für die Taucher begünstigt, erwirtschaftete der Koch jeden Monat einen Überschuss. Da ein derartiger Saldo in einer Beamtenwirtschaft ungünstig ist, wurde der Überschuss an jedem Monatsende »verfressen«. Da gab es faustgroße Filetsteaks mit Bergen von Pommes Frites, verschiedene Salate und zum Nachtisch Vanilleeis mit heißer Schokoladensauce.
KptLt Berger wurde, wie bei jedem Aufenthalt seines Bootes in Olpenitz, zum Stützpunktkommandeur beordert. Meistens

geschah das kurz vor dem Auslaufen, wenn der grantige Fregattenkapitän genügend Material für einen Anranzer gesammelt hatte. Max Berger fragte sich, ob der Mensch das mit jedem Boot, das Olpenitz anlief, so machte. Oder, ob er nur ihn so gernhatte, dass er ihn immer sehen wollte.

Berger klopfte an die Tür mit dem Schild »Stützpunktkommandeur«. Als er eintrat, stand der Kommandeur mit dem Rücken zur Tür an seinem großen Fenster, das den Hafen überblickte. In dem Büro waren die Wände kahl und blendend weiß. Der Tür gegenüber stand ein Schreibtisch mit einem Sessel dahinter. Vor dem klotzigen Möbelstück gab es keine Sitzgelegenheit. Da wurde nur gestanden. An der Decke über dem Schreibtisch warfen zwei Neonröhren ihr seelenloses Licht in den Raum. An der einen Wand befand sich ein Regal mit peinlichst ausgerichteten Aktenrücken. Der Fußboden war dunkelgrünes, staubkornfreies Linoleum. Auf dem Schreibtisch des Kommandeurs stach ein einsames Telefon hervor.

Berger meldete sich.

»Wenn ich so über den Hafen schaue, Kapitänleutnant, was sehe ich ...?«

Max Berger wollte sagen: »weiß ich doch nicht«, aber er verbiss es sich. Offensichtlich hatte der Kommandeur auch keine Antwort erwartet, denn er fuhr fort: »Ich sehe zwei Päckchen Schnellboote, einen Schlepper, zwei Minensucher hintereinander, Menschen auf den Piers und auf den Schiffen. Die Soldaten sehen alle wie Soldaten aus. Die Schiffe haben die Festmacher an Oberdeck in Spiralen aufgeschossen, die Fender an den Seiten haben den gleichen Abstand zueinander, haben die gleiche Höhe. Da hängen keine losen Enden von der Reling herunter, und die Gösch und die Heckflagge sehen aus wie neu.«

Er machte eine Pause und drehte sich zu Berger um. Er stutzte einen Moment, musterte den Kommandanten der Hansa von Kopf bis Fuß, ohne eine Miene zu verziehen und fuhr fort: »Dann sehe ich Ihr Boot, Kapitänleutnant ... wissen Sie, wie man ihr Boot in Marinekreisen nennt?« Dieses Mal wollte der Kommandeur eine Antwort haben.

»Graue Sau der Ostsee, Herr Kap'tän«, sagte Berger.

»So«, sagte der Fregattenkapitän. »Das wissen Sie. Was denken Sie darüber?« Wieder wollte der Mann eine Antwort.

»Das kann man sehen, wie man will, Herr Kap'tän«, sagte KptLt Berger. »Es kommt darauf an, von wo man guckt.«

»Und von wo gucke ich ... Ihrer Meinung nach ...?«

»Aus dem Fenster hier, Herr Kap'tän.«

»Und von wo gucken Sie, Kapitänleutnant?« Der Kommandeur schien ärgerlich zu werden.

»Herr Kap'tän, ich sehe die Menschen auf meinem Boot. Ich sehe eine Gemeinschaft, wo jeder jeden achtet – und zwar gemessen an dem, was er tut. Dienstgrade spielen eine untergeordnete Rolle. Die Taucher riskieren jeden Tag mehrere Male ihr Leben, Herr Kap'tän. Meine Stammbesatzung trotzt dem inneren Schweinehund und fährt täglich Tonnen unstabilen TNT über das Meer. Ohne zu klagen, ohne sich zu beschweren, wogegen andere, um nicht zu sagen, die meisten unserer stolzen Teilstreitkraft, im Sandkasten spielen, falls ich diese Analogie gebrauchen darf ...« Berger machte eine Pause. Der Fregattenkapitän schwieg. Er sah den Kapitänleutnant aufmerksam an. Dann sagte er: »Sind Sie fertig?«

»Was mir dazu einfällt, Herr Kap'tän: in einer ähnlichen Situation hat einmal ein Freund von mir gesagt: ›Was woll'n die denn? 'n Dressman oder 'n Killer?‹ ...«

Da war einen Moment Stille. Dann sagte der Fregattenkapitän: »Papiertiger.« Er sagte es leise.

KptLt Berger sagte: »Nicht verstanden, Herr Kap'tän.«

»Wir sind alle Papiertiger, inzwischen.« Berger hatte den Eindruck, dass der Kommandeur zu niemand Besonderem redete. Als spräche er vor sich hin. Dann sagte der Fregattenkapitän: »Das war mal anders. Ich war vielleicht so wie Sie, Kapitänleutnant ... können Sie sich sicher nicht vorstellen ... da gab es noch Ideale, Ziele ...«

Das Wetter wurde rau. Ein Tief zog über die Ostsee. Die Hansa war gezwungen, im Hafen zu bleiben. KptLt Berger benutzte die Gelegenheit, um mit seiner Besatzung Rollen zu üben. Als »Feuer im Schiff«, »Leckabwehr«, »Fliegeralarm«, »Ruderversager« und dergleichen wie am Schnürchen klappten, und »Zeugdienst und Körperpflege« ausgereizt waren, machte Berger mit seinen Leuten lange Geländeläufe und Frühsport auf der Pier. Der Stützpunktkommandeur ließ ihn in Ruhe, wie es schien. Aber als die Hansa bei abflauendem Sturm endlich aus Olpenitz auslaufen konnte, stand der Kommandeur auf der Pier.

KptLt Berger ließ Seite pfeifen, als der Fregattenkapitän an Bord kam. Der grüßte die Heckflagge und betrat das Achterdeck.

»Minentaucherboot Hansa beim Auslaufen, Herr Kap'tän«, meldete Berger.

Der Kommandeur wollte sich das Boot mal anschauen. Er habe darüber nachgedacht, was Berger ihm gesagt hatte. Max Berger führte ihn über das Schiff und stellte ihm den Leitenden, den Taucherarzt und alle Taucher vor. Dass alle an Bord ihr Dick-und-Warm anhatten, schien den Fregattenkapitän nicht weiter zu stören. Dann zeigte Berger ihm die Druckkammern und die Mischgasgeräte. Am meisten interessierte den Kommandeur aber das Plot vom Einsatzgebiet vor Stein. Er studierte die abgesuchten Felder und zählte die gefundenen und beseitigten Kampfmittel aus dem letzten Krieg.

»Das Zeug transportieren Sie einfach so auf dem Achterdeck«, sagte er mehr zu sich selbst.

»Hauptbootsmann Fiedler hier«, Berger deutete auf den Leitenden, »hat mit seinen Leuten eine Munitionsberieselungsanlage gebaut, Herr Kap'tän. Wir nennen das Ding Spinne«, sagte KptLt Berger. »Wenn Sie sich das mal anschauen wollen ...«

Bevor der Kommandeur von Bord ging, schüttelte er allen Umstehenden bei der Spinne die Hand und sagte zu jedem: »Viel Glück.« Der Kommandant der Hansa ließ ihm Seite pfeifen, und als der Kommandeur beim Auslaufen des Bootes auf der Pier stand, pfiff Berger »Front nach Backbord«, nachdem alle Leinen an Bord waren.

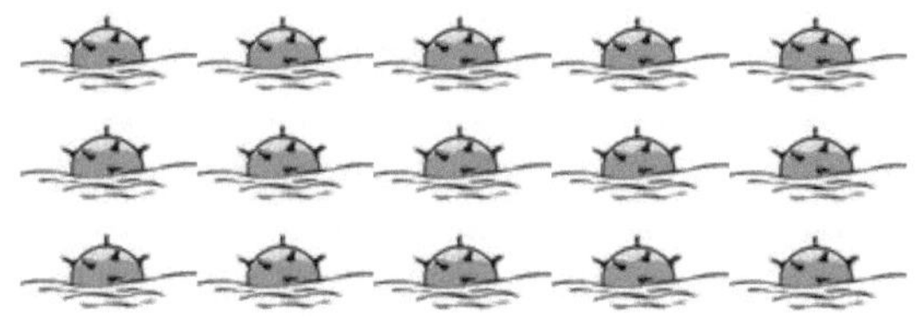

Das »viele Glück« vom Stützpunktkommandeur Olpenitz hielt nicht lange an. Die See war aufgewühlt, und die Unterwassersicht betrug fast null. Der Schwanz des Sturmtiefs beutelte die Hansa beträchtlich, und das Arbeiten vor Anker war mehr als beschwerlich. Wegen der Höhe des Seeganges arbeiteten die Minentaucher an der Grenze des Möglichen. Sie waren gezwungen, wieder mit der Snagline-Methode zu suchen, was wesentlich mühsamer und langsamer vonstattenging als die visuelle Suche. Da mussten vor jeder Suche Bojenstriche gelegt werden, dann wieder eingeholt, und wieder ausgebracht werden. Das dauerte. Bei gleichzeitig vier Tauchern im eiskalten Wasser war Bergers Truppe schnell aufgebraucht, auch wenn jeder Taucher dreimal pro Tag im Wasser war. Da war viel Leerlauf, den Berger mit Gerätewartung, Atemgaszubereitung und Flaschenfüllen auffing. Die Stammbesatzung machte auch keine glücklichen Gesichter. Die Schaukelei vor Anker ging allen irgendwann auf die Nerven. Sehr zu seinem Bedauern musste der Funker, Obermaat Winter, wieder zu seinem Eimer greifen.

»Wir lassen die gefundenen Dinger erst mal liegen, bis die See ruhiger ist«, sagte KptLt Berger zu HptBtsm Fiedler beim Abendessen. Der Stabsarzt war nicht am Tisch in der kleinen Messe erschienen. Es ging ihm wieder nicht so gut.

Nach zwei Tagen hörte der Wind schlagartig auf, wie es so oft der Fall nach schlechtem Wetter ist. Die See wurde schnell glatt, und auch die Sicht unter Wasser besserte sich. Nur die Sonne war noch hinter einer dicken Wolkendecke verborgen. KptLt Berger befand sich auf dem Achterdeck. Der Leitende hatte die Spinne getestet.

»Alles klar, Leitender?«, wollte der Kommandant wissen.

»Alles bestens, Herr Kaleu«, sagte HptBtsm Fiedler.

Die Stationen wurden besetzt, und sie packten zwei Torpedoköpfe und eine Grundmine aufs Achterdeck. Die Spinne wurde gestartet. Der hintere Teil der Hansa verschwand im künstlichen Sprühregen. HptBtsm Fillinger teilte die Taucher ein. Btsm Lochner sollte die Vernichtungsladung anbringen und sie anschließend zünden. Lochner machte sein FGT-Mischgasgerät klar. OMaat Einfeld war für den Tag der Sicherheitstaucher mit Pressluftgerät. OMaat Brose fuhr das Schlauchboot.

Nachdem die gehobenen Kampfmittel wieder versenkt waren, ging die Hansa auf Abstand zum Schlauchboot mit den Tauchern. Das blieb bei der roten Markierungsboje.

Alles Routine.

Alles wie immer.

Btsm Lochner tauchte mit der Vernichtungsladung und dem Zündkabel ab. KptLt Berger hatte seine Beobachtungsstation auf dem Peildeck eingenommen. Wie so oft leistete ihm der Stabsarzt Gesellschaft.

»Na, Herr Doktor«, sagte Berger. »Das ist sicher der längste Einsatz überhaupt für Sie ...«

»... und vielleicht der letzte«, sagte der Stabsarzt. »In Olpenitz hat mir der Oberstabsarzt gesagt, dass er eine Versetzungsliste gesehen habe. Da sei mein Name für das Schifffahrtsmedizinische Institut der Bundesmarine in Kiel drauf gewesen ... was ist denn da ...« Der Doktor zeigte hinüber zu den Tauchern.

An der Wasseroberfläche war Btsm Lochner. Er schlug um sich, dass das Wasser schäumte. OMaat Brose und der Sicherheitstaucher, OMaat Einfeld, waren dabei, ihm das FGT abzunehmen. OMaat Einfeld zerrte das Gerät ins Schlauchboot und OMaat Brose hielt den Taucher über Wasser. Einfeld machte das Taucherunfallzeichen hinüber zur Hansa: beide Arme über dem Kopf gekreuzt.

KptLt Berger ergriff das Oberdecksmikrofon.

»Taucherunfall!«

Er sagte es dreimal.

Das Achterdeck der Hansa ist im Nu geräumt, die Sechs-Mann-Druckkammer geöffnet. Die Taucher, die nicht im Einsatz sind, stehen für Hilfsmaßnahmen bereit.

Das Schlauchboot kommt an der Taucherleiter an. Btsm Lochner liegt auf dem Boden. Er hat die Maske noch auf dem Gesicht. Sie ist voll Blut. Der Stabsarzt klettert die Taucherleiter hinunter zum Boot und nimmt dem Taucher die Maske ab. Hellrote Bläschen kommen aus Mund und Nase. Sprudeln hervor, als ob in dem Mann ein Springbrunnen wäre.

»Lunge!«, ruft der Doktor.

»Druckkammer!«, ruft KptLt Berger.

Die Taucher tragen Btsm Lochner in die Druckkammer. Durch das Kugelschott in die Schleuse, dann durch ein weiteres Kugelschott in die Hauptkammer. Sie legen ihn auf den Boden. Lochner bewegt sich nicht, stöhnt. Die hellroten Blasen blubbern aus ihm heraus. Brose bleibt bei ihm, die anderen kommen aus der Kammer.

»Doktor!«, ruft Berger. »In die Kammer!«

Der Stabsarzt zögert wieder. Zwei Taucher schnappen den zierlichen Mann und schieben ihn in die Kammer, schließen die Vorreiber des Kugelschotts.

Berger reißt das Einlassventil der Kammer auf. Luft jagt hinein. Die Bullaugen der Kammer beschlagen.

Berger schließt das Ventil bei 23 Meter Wassertiefe. Zwo-Komma-drei Bar Überdruck. Dann fährt er die Kammer langsam auf 20 Meter. Die Bullaugen werden klar.

Btsm Lochner liegt auf dem Boden der Kammer. Der Doktor hat ihn auf die Seite gedreht. Da kommen keine Lungenbläschen mehr aus Mund und Nase.

KptLt Berger rechnet. Auf dem Clipboard neben den Kammer-Armaturen addiert er Zeiten. Tauchzeit plus Zeit für den Transport zum Schiff plus Zeit zum Erreichen der Tauchtiefe in der Kammer. Er checkt die Austauchtabellen. Bei dem verwendeten Mischgas sind keine Austauchzeiten erforderlich. Berger lässt den Mann trotzdem unter Druck. Er schreibt auf:

10 Min 20 Meter
10 Min 9 Meter (O2)
10 Min 6 Meter (O2)
10 Min 3 Meter (O2)
Berger nimmt den Hörer der Gegensprechanlage ab.

»Kammer«, sagt er.

»Kammer«, meldet sich OMaat Brose.

»Wie sieht's aus, Brose«, fragt Berger.

»Kann ich nicht sagen«, sagt Brose. »Der Stabsarzt checkt alles Mögliche.«

»Puls?«, fragt Berger.

Nach einer Pause sagt OMaat Brose: »Kein Puls, Herr Kaleu.«

»Scheiße«, sagt KptLt Berger, ohne auf die Sprechtaste zu drücken. Er streckt sich, um besser durch das Bullauge in die Kammer sehen zu können. Der Doktor hört Lochner ab.

»Wer hat den Puls gemessen, Brose?«, fragt er.

»Ich.«

»Wo?«

»Am Handgelenk.«

»Okay«, sagt Berger. »Wenn der Doktor soweit ist, soll er sich melden.«

Nach wenigen Minuten sagt der Doktor: »Stabsarzt hier. Kreislauf ist unregelmäßig, aber präsent.«

»Was meinen Sie, Doktor, evakuieren?«, will Berger wissen.

»Unbedingt«, sagt der Doktor.

Max Berger schickt einen Highest Priority-Funkspruch an den Chef der Minentaucherkompanie und fordert die Helikopterevakuierung per Einmanndruckkammer für Btsm Lochner zum Schifffahrtsmedizinischen Institut der Bundesmarine in Kiel an. Minuten später kommt die Bestätigung.

KptLt Berger fährt die Kammer langsam auf neun Meter Wassertiefe. Der Stabsarzt sagt: »Keine Veränderung.«

OMaat Brose macht die Sauerstoffmaske klar und setzt sie Btsm Lochner auf. Nach zehn Minuten fährt Berger die Kammer weiter hoch. Sechs Meter. Wieder bestätigt der Doktor, dass soweit alles unter Kontrolle ist. Es gibt keine Verschlechterungen. Btsm Lochner reagiert nicht, aber er atmet, wenn auch rasselnd, und sein Kreislauf scheint sich zu stabilisieren.

Lochner wird aus seinem hautengen Neoprenanzug herausgeschnitten. Die Seiten, Ärmel, Beine des Anzugs werden dazu aufgeschlitzt. Über die Schleuse kommen Unterwäsche und ein paar Decken in die Kammer. Das Kugelschott zwischen Hauptkammer und Schleuse wird geschlossen. Dann wird die Einmanndruckkammer an die Schleuse angeflanscht. Wie eine überlange Nase hängt sie an der Kammer. KptLt Berger fährt die Schleuse mit der angeflanschten Einmannkammer auf den Kammerdruck, in der Hauptkammer betätigt Brose das Druckausgleichventil und öffnet das Kugelschott zwischen Kammer und Schleuse.

Berger bekommt die Nachricht, dass der Helikopter in 15 Minuten bei der Hansa sein werde. OMaat Brose und der Stabsarzt legen Lochner auf die Liege der Einmannkammer, schnallen ihn fest an und schieben ihn vorsichtig in die schmale Röhre hinein. Die Sauerstoffflasche der kleinen Kammer übernimmt die Beatmung. OMaat Brose verschließt die Einmannkammer, und Berger fährt die große Druckkammer und die Schleuse auf atmosphärischen Druck.

Die transportable Einmannkammer wird von der Hauptkammer abgeflanscht und aufs Achterdeck gestellt. Obermaat Brose wird die Kammer während des Fluges betreuen. Mit den angebauten Druckluftzylindern wird er den Kammerdruck konstant halten und die Kammer von Zeit zu Zeit ventilieren. KptLt Berger drückt dem Stabsarzt das Druckkammerprotokoll in die Hand. Zu OMaat Brose sagt er: »Sie kennen den Flottillenarzt Dr. Landmann, Brose. Der wird die Show wieder an sich reißen wollen. Der denkt, er ist der Taucherpapst an sich. Schildern Sie ihm genau, wie alles gewesen ist. Sie sind der Einzige, der das kann. Der Doktor hat das Druckkammerprotokoll. Da sind alle Zeiten und so weiter drauf. Wenn Sie irgendwas, was die in Kiel wissen wollen, nicht genau wissen, sagen Sie besser nichts. Dann sollen die mich kontaktieren.« Berger dreht sich um und zeigt nach oben und in Richtung Kiel.

Von Weitem schon kann man das Pock-pock-pock des SAR-Hubschraubers hören. KptLt Berger legt die Hansa mit geringster Fahrt gegen die niedrige See. So ist das Schiff am stabilsten. Da rollt es nicht.

Der Stabsarzt und OMaat Brose werden zuerst in die Sikorski gewinscht. Dann kommt die Einmannkammer. Dafür wird auf der Hansa der dafür vorgesehene Hahnepot angeschäkelt. Berger kommt auf das Achterdeck. Er vertraut seinem Gefechtsrudergänger, das Schiff auf dem Kurs gegen die See zu halten. Max Berger wirft noch einem letzten Blick auf Bootsmann Lochner durch die kleinen Bullaugen in der Einmannkammer, dann zieht der Helikopter das Seil an. Alle Augen folgen der Röhre mit den Druckluftzylindern auf dem Weg nach oben.

Als sie nur noch wenige Zentimeter von der offenen Luke des Helikopters entfernt ist, passiert es.

Das Drahtseil rauscht aus.

Die Druckkammer kommt im freien Fall heruntergerast. Knapp bevor sie auf die Ostsee klatscht, kommt das Seil der Winde steif. Der Peitschenknall ist durch das Geknatter des Sikorski-Triebwerks deutlich zu hören. Das Gewicht und das Bewegungsmoment der Kammer bringen den Hubschrauber momentan aus der stabilen Schwebelage. Er macht eine abrupte Bewegung auf die Hansa zu. Wie ein Pendel folgt die Druckkammer und knallt ungebremst gegen die Bordwand des Minentaucherbootes. Der Pilot korrigiert die Lage seines Hubschraubers, weg vom Schiff. Wieder folgt das Pendel mit einem Ruck. Ein Schäkel am Hahnepot bricht. Die Teile fliegen wie Geschosse durch die Gegend. Die Kammer hängt nur an zwei Punkten des Hahnepots, fast senkrecht unter dem Hubschrauber. Das untere Ende rauscht wie ein Boot in voller Fahrt durchs Wasser. Ein Seemann der Hansa ergreift einen Fender und rennt zur Bordwand des Schiffes, als das Pendel zurückkommt. Der Schmadding reißt ihn zur Seite.

Kurz vor der Bordwand der Hansa kommt das Pendel in Ruhestellung. Langsam zieht der Pilot das Kammerende aus dem Wasser. Der Windenmann macht dringende Zeichen. Sie wollen die Kammer wieder auf dem Minentaucherboot absetzen. Drei Taucher ergreifen sie, als sie in Reichweite kommt. Mit einem metallischen Klong setzt sie auf den Aluminiumplatten des Achterdecks der Hansa auf. Der Hahnepot wird vom Windenseil abgeschäkelt.

Max Berger ist im Funkraum. OMaat Winter hat ihm die Frequenz zum Hubschrauber eingestellt.

»Die Pallklinke an der Winde ist gebrochen!«, sagt der Pilot mit Mickey-Maus-Stimme. »Wir reparieren das, und dann machen wir das Ganze nochmal ...«

»... ohne die Zulage, wenn's geht«, sagt der Kommandant der Hansa.

»Roger ... out«, sagt der Pilot. Die Sikorski dreht ab und hovert in einiger Entfernung zur Hansa auf der Stelle.

Bootsmann Lochner liegt nach wie vor auf seiner Liege in der Einmannkammer. Als ob nichts gewesen wäre. Da ist so wenig Platz drin, dass sich ein Mann nicht mal umdrehen kann. Erstaunlicherweise ist der Kammerdruck stabil geblieben. Berger ventiliert die Röhre. Der Schmadding kommt mit einer Ladung Schäkel. Alle drei Kauschen des Hahnepots bekommen neue. Größere.

Beim zweiten Helikopteranflug klappte alles wie am Schnürchen. Die Kammer mit Bootsmann Lochner gelangte sicher in den Hubschrauber. Mit gemischten Gefühlen schauten die Männer der Sikorski hinterher. KptLt Berger drehte ab und fuhr sein Schiff zurück an den Einsatzort neben der roten Bezeichnungsboje, wo der Unfall passiert war. Am liebsten hätte er sofort mit dem Tauchen weitergemacht. Für die Moral aller wäre es das Beste gewesen. Aber nach den Vorschriften musste ein Taucherarzt anwesend sein.

110

»Hauptbootsmann Fillinger«, sagte Berger ungewohnt formell zu seinem dienstältesten Taucher, »lassen Sie uns Lochners FGT ansehen«.

Auf dem Achterdeck untersuchten sie das Gerät. Der Navigationsmaat der Hansa fertigte Notizen an. OMaat Einfeld hielt die Calypso für Fotos bereit.

»Alles, wie es aus dem Wasser gekommen ist«, sagte HptBtsm Fillinger.

»Die Flaschen sind leer«, sagte HptGefr Altmeier und zeigte auf den Druckanzeiger des FGT.

»Die waren die ganze Zeit offen«, sagte HptBtsm Fillinger. »Das Gerät hat immer weitergearbeitet.«

Sie nahmen das FGT auseinander. Es war total abgesoffen. Der Atemkalk war eine Matsche, und der Atembeutel war voll Seewasser. Altmeier wollte das Wasser herausschütteln.

»Stopp«, sagte KptLt Berger. »Alles so lassen – wir gucken uns das nur an. Wer weiß, wofür das noch gebraucht wird.«

Er wollte es nicht sagen, aber alle hatten im Hinterkopf, dass Btsm Lochner nicht überleben würde. Dann gäbe es mit Sicherheit eine genaue Untersuchung.

»Da«, sagte OMaat Einfeld und zeigte auf den Doppelschlauch mit dem Mundstück. HptBtsm Fillinger hob ihn an und betrachtete besonders das Mundstück.

»Ist auf ›Gerät‹ geschaltet«, sagte er.

»Dann ist ja alles klar«, sagte Max Berger.

»Wieso?«, fragte HptGefr Altmeier.

»Wenn das Mundstück inzwischen von niemandem umgeschaltet wurde, hat Bootsmann Lochner bei seinem schnellen Aufstieg gegen den Widerstand des Diffusers hier«, er zeigte auf den runden Korb mit dem Schaumstoff darunter, »angeblasen, als er, wie gelernt, Luft ablassen wollte. Das hat ihm die Lunge kaputtgemacht.«

»Unverständlich«, sagte HptBtsm Fillinger. »Wir haben die Notaufstiege doch alle erst vor ein paar Wochen im Tauchtopf in Neustadt wieder gemacht ...« Er schüttelte den Kopf und ließ das Mundstück des FGT fallen. OMaat Einfeld machte ein paar Fotos davon.

»Dann müssen wir nur noch wissen, warum Lochner wie eine Rakete nach oben geschossen ist, ohne sich an die Routine zu halten«, sagte KptLt Berger. »Da gibt's nur eins – nachschauen«, fügte er hinzu.

Er ließ Btsm Lochners FGT in die Korbkiste packen und sagte: »Ich guck mir das mal an ... Fillinger, Sie fahren das Schlauchboot ... wer war Sicherheitstaucher ...?«

»Herr Kaleu« ..., begann HptBtsm Fillinger.

»...ich weiß«, sagte Berger. »Gegen die Vorschrift ...«

Das Ostseewasser kam KptLt Berger kälter vor als sonst, als er die ersten Meter an der Bezeichnungsboje abtauchte. Er wusste nicht, was ihn erwarten würde, da unten, in 20 Meter Tiefe. Die Unterwassersicht war nicht gut und nicht schlecht, aber als Berger auf 20 Meter ankam, war der Grund noch nicht zu sehen. Er kontrollierte seinen Tiefenmesser wiederholt und ließ sich weiter sinken.

30 Meter.

Bei 35 Meter sah er im grünen Dämmerlicht schemenhaft den Grund. Was er anfänglich für einen Steinhaufen gehalten hatte, waren die versenkten Kampfmittel. Alle drei schön nebeneinander. 38 Meter tief. Berger kontrollierte seine Taucheruhr. Kein Problem. Obwohl er mit Pressluft tauchte, hatte er genügend Zeit für einen Check.

Die Vernichtungsladung war an die Mine angelegt und gut verdämmt. Die Mine hätte die beiden Torpedoköpfe mitgenommen, dachte Berger. Alles richtig. Aber was fehlte, war die Sprengkapsel in dem dafür vorgesehenen Loch sowie das Zündkabel. Berger umrundete die drei versenkten Kampfmittel. Nichts. Er schwamm nochmal im Kreis um die Torpedoköpfe und die Mine herum. Wieder nichts. Als er drauf und dran war, wieder aufzutauchen, entdeckte er das Zündkabel. In gerader Linie zeigte es in das grau-grüne Nichts der Ostsee hinein. Berger folgte ihr und fand die ganze Rolle in einiger Entfernung. Er rollte das Kabel auf und nahm es mit. Von der Sprengkapsel war nichts zu sehen.

KptLt Berger sah auf seine Taucheruhr, dann auf die Aluminiumscheibe mit den Austauchzeiten. »Dann bleibt sie, wo sie ist«, dachte er und tauchte frei auf. Zur Sicherheit machte er auf drei Meter Wassertiefe einen kurzen Stopp.

»Da kann man nichts weiter sehen«, sagte Max Berger zu den Tauchern auf dem Achterdeck der Hansa, nachdem er ihnen seine Beobachtungen berichtet hatte. Alle waren versammelt.

»Das Eigenartige ist, dass das Zeug in einem Loch liegt«, sagte OBtsm Leichthammer. »Sonst liegt es immer auf 20 Meter ...«

»Zufall«, sagte KptLt Berger. »Wir werden uns eine andere Stelle aussuchen. Aber das ist nicht der Grund für den Unfall.«

»Sieht mir eher aus wie Panik«, sagte OMaat Wiederholdt.

»Warum?«, fragte OMaat Einfeld. »Er hat doch sein Gerät selber fertiggemacht. Ich hab's gesehen. Ich war dabei ...«

»Bad day«, sagte Berger.

»Was?«, fragte HptGefr Altmeier.

»Er hat seinen schlechten Tag gehabt«, sagte HptBtsm Fillinger zu Altmeier und zuckte mit den Schultern.

Am späten Nachmittag brachte der SAR-Hubschrauber den Stabsarzt und OMaat Brose zurück. Zuerst wurde die transportable Einmanndruckkammer aufs Achterdeck der Hansa gesetzt. Der Pilot drehte eine Runde um das Schiff und gab das O.K.-Zeichen, bevor er auf Heimatkurs ging. Das Geratter des Triebwerkes der Sikorski wurde schnell leiser.

»Der Flottillenarzt hat den Lochner persönlich untersucht«, sagte der Stabsarzt. »Sie haben ihn von unserer kleinen Kammer direkt in die große der Klinik übernommen ...«

»Und?«, unterbrach OMaat Wiederholdt.

»Sie halten ihn weiterhin unter Druck und beatmen ihn mit Sauerstoff.« Der Doktor wandte sich direkt an Berger: »Der Flottillenarzt hat das Druckkammerprotokoll genau studiert und wollte wissen, wieso Sie den Lochner so behandelt haben. Dazu konnte ich nichts sagen. Er wird Sie dazu ansprechen, hat er gesagt.«

Berger zuckte mit den Achseln. Der Stabsarzt fuhr fort: »Dann kam ein Lungenspezialist von der Uniklinik dazu, und er meinte, so wie es aussieht, hat die schnelle Druckkammerbehandlung den Lochner bis dato am Leben erhalten ... Genaues könne er erst später sagen ... dann sind wir wieder zurückgekommen.«

OMaat Brose hatte eine Gruppe um sich geschart und gab seine Version zum Besten.

»Wird schon wieder werden«, endete er, aber sein gewohntes breites Grinsen kam etwas gekünstelt heraus.

Auf der Hansa herrschte nach dem Abendessen schnell Ruhe. KptLt Berger versuchte ebenfalls, früh zu schlafen, aber er wälzte sich in seiner Koje nur herum. Er stand auf, zog Dick-und-Warm an, verließ seine Kammer und stieg auf das Peildeck. Es war sehr still da oben. Da war kein Wind, und die See war sanft. Nur eine leichte Dünung hob und senkte sein Schiff bisweilen, als ob er erinnert werden müsste, auf See zu sein. Das Ankerlicht im Mast warf lange Schatten über das Peildeck. Im Südwesten war der helle Lichtschein der Landeshauptstadt Kiel zu sehen. Als hätte die Sonne einen weißen Schimmer zurückgelassen. Aber im Norden und Nordosten herrschte absolute Dunkelheit. Berger konnte die Fahrtlichter eines Frachters erkennen und am Himmel machte er einzelne Sterne aus.

»Ist das da der Große Wagen?« Der Stabsarzt stand hinter ihm. Berger hatte ihn nicht bemerkt.

»Ja«, antwortete er, »und wenn Sie die Linie der hinteren zwei Sterne nach unten verlängern, gelangen Sie zum Nordstern.«

»Und danach navigieren Sie ... manchmal ...?«

»Nicht in der Ostsee, Doktor, da fahren wir nach Sicht oder nach den elektronischen Navigationsgeräten ... na ... können Sie nicht schlafen?«

»Die Sache mit dem Lochner hat mich schon mitgenommen«, sagte der Stabsarzt. »In der Taucherarztausbildung an den Puppen sieht das anders aus.« Er machte eine Pause. Dann sagte er: »Tut mir leid, dass ich gezögert habe vor der Druckkammer. Das war mein erster richtiger Unfall, und beinahe hätte es mir die Trommelfelle zerfetzt. Der Brose hat mich rechtzeitig an den Druckausgleich erinnert ... guter Mann, der Brose ... so ruhig ...«

»Jeder hat so seine guten und weniger guten Seiten«, sagte Berger, und: »Haben Sie eine persönliche Meinung zu Lochners Chancen?«

»Schwierig ... aber 50 zu 50, denke ich, vielleicht noch günstiger.«

Die beiden Männer schwiegen. Berger studierte die Lichter des Frachters mit seinem Seeglas.

»Wo kommen Sie her, Doktor? Ich meine, aus welcher Gegend Deutschlands?«, fragte er, ohne das Glas von den Augen zu nehmen.

»Ich bin zunächst in der DDR aufgewachsen«, sagte der Stabsarzt. »In Thüringen. Kleines Nest. Noch nicht mal 200 Einwohner. Aber ursprünglich komme ich aus einer Gegend, die heute Polen ist. Wir mussten vor den Russen flüchten. Mein Vater ist im Krieg gefallen, und meine Mutter war mit uns drei Kindern allein. In dem kleinen Dorf in der DDR gab es genug zu Essen. Das waren alles Bauern mit eigenen Höfen. Meine Mutter war Lehrerin ...'

»...das klingt interessant«, sagte Berger. »Sind das da drüben nicht alles Produktionsgenossenschaften ... alles verstaatlicht ...?«

»Das Lustige war, dass die Bauern sich zusammenrotteten, jedes Mal, wenn die Leute von der Partei erschienen, um sie in diese Kolchosen zu zwingen.« Der Doktor gluckste vor unterdrücktem Lachen. »Dann gab es jedes Mal Prügel. Wie bei Asterix und Obelix, wenn die Römer kommen ...«

»Wie sind Sie in den Westen gekommen?«, wollte Berger wissen.

»Wir sind wieder geflüchtet«, sagte der Stabsarzt. »Alles zurückgelassen. Bei Nacht und Nebel ...« Er setzte sich auf den Sitz des Rudergängers. Berger legte das Glas zur Seite und sah den Doktor an.

»Meine Mutter sollte wegen politischer Unzuverlässigkeit verhaftet werden«, fuhr der Doktor fort. »Ein Freund hatte sie gewarnt ... aber, das ist eine lange Geschichte ...«

Max Berger musterte den Mann neben sich. Er war immer wieder erstaunt, in welchen Gewändern die abenteuerlichsten Geschichten erschienen. Der Doktor sah, ehrlich gesagt, nicht nach viel aus.

»Und dann im Westen ... da war alles in Butter ...?«

»Das denken Sie vielleicht«, sagte der Stabsarzt. »Wir wurden wie Aussätzige behandelt. Das fing schon in der Schule an. ›Was willst du denn hier?‹, habe ich oft von den

Lehrern zu hören bekommen. ›Geh doch wieder dahin, wo du hergekommen bist‹, und so weiter. Ich konnte ja kein Wort Englisch, und meine Klassenarbeiten wurden zur Belustigung der halben Schule ausgestellt ... naja ... ich will mich nicht beschweren«, der Stabsarzt lachte gezwungen. »Aber wissen Sie ... seit ich in der Marine bin, fühle ich mich im Westen das erste Mal gleichberechtigt. Mal sehen, wie es weitergeht«, fügte er hinzu. Er erhob sich von seinem Sitz. »Ich werd's nochmal mit dem Schlafen versuchen«, sagte er und kletterte den Niedergang hinunter.

»Nacht, Doktor«, sagte Max Berger hinter ihm her.

Beim ersten Licht am nächsten Morgen jagten sie die zwei Torpedoköpfe und die Grundmine hoch. Wegen der größeren Wassertiefe war der Rums nicht so gewaltig. Auch fiel das Surfen dieses Mal im wahrsten Sinne des Wortes flach. Die Wassersäule war für eine Surfwelle zu niedrig. Wie immer begutachtete KptLt Berger den Erfolg der Sprengung. In den nächsten Tagen räumten die Minentaucher zunächst alle bezeichneten Kampfmittel weg, bevor sie wieder mit der Suche begannen. Auch waren die Fischer wieder erschienen. Sie hatten ihre Lektion gelernt und ließen einen gebührenden Abstand zur Hansa. Das Plot vom Einsatzgebiet zeigte mit jedem vergangenen Tag weniger unbearbeitete Rechtecke, und die Zahl der roten Vernichtungsmarkierungen stieg dementsprechend. Kapitänleutnant Berger hatte ein neues Versenkungsgebiet ausgesucht. Er hatte den Umkreis mit dem neuen, hochauflösenden Echolot ausgelotet und keine »Löcher« gefunden.

Bootsmann Lochner war nicht vergessen, aber irgendwie wurde das Thema von den Tauchern vermieden.

Als sich der Chef der Minentaucherkompanie eines Mittags auf der Hansa absetzen ließ, befürchteten alle an Bord, dass es den Bootsmann Lochner »aufgestellt« hatte, wie sich OMaat Brose ausdrückte. Berger war gerade Anker-auf gegangen, um einen Torpedokopf und drei Grundminen auf sein Schiff zu laden. Das SM-Boot Stier war als Schulboot für die MUWS in Eckernförde abkommandiert. Der Kommandant, ein ewig grinsender Oberleutnant zur See, hatte sich bereit erklärt, den Chef der Minentaucherkompanie bei einer Minenräum-übungsfahrt in der westlichen Ostsee ins Einsatzgebiet vor Stein mitzunehmen. Am Nachmittag würde er ihn wieder abholen.

Der Chef winkte ab, als Max Berger Meldung machen wollte.

»Na, Max, wie sieht's aus ...?«, sagte er und hielt Berger die Hand hin. Wer beim Händeschütteln mit dem Chef nicht die Initiative ergriff und nicht als erster so fest zudrückte, als ob es um sein Leben ginge, war gnadenlos verloren. Der Kompaniechef war Ende 30, blond, riesengroß und riesenbreit. Ex-Zehnkämpfer, der zu jeder Zeit die Kugel aus dem Stand auf knapp 20 Meter stoßen konnte. Max Berger überlebte den Händedruck.

»... sind gerade dabei, ein paar Sachen aufzuladen«, sagte er.

»Ruf mal die Taucher zusammen«, sagte der Chef mit einem Grinsen. Er trug seine blaue Uniform und hielt die Mütze unter dem Arm. Er hatte ein ebenes, gleichmäßiges Gesicht, und seine blauen Augen schienen immer lächeln zu wollen.

»Hört zu, Männer«, sagte er. Die Taucher waren alle auf dem Achterdeck versammelt, und wer von der Besatzung der Hansa nicht unter Deck beschäftigt war, spielte Zaungast. »Was Ihr alle wissen wollt«, fuhr er fort, »dem Bootsmann Lochner geht es gut ...«

Den Männern auf der Hansa schien es, als ob an diesem trüben Frühjahrstag plötzlich die Sonne hinter den Wolken hervorgekommen wäre.

»Was heißt gut ...«, der Chef machte eine Pause. »Sie haben ihn 24 Stunden lang unter Druck gehalten; dann langsam auf atmosphärischen Druck gebracht. Die Röntgenaufnahmen zeigen, dass ein großer Teil der Lunge zerstört ist, aber er wir damit leben können. Was jetzt schon klar ist ... der Lochner wird nie wieder tauchen... jedenfalls nicht bei der Marine, und schon gar nicht als Minentaucher.«

Auf dem Peildeck, während Berger sein Schiff auf die Position mit den Kampfmitteln fuhr, ließ der Chef ihm und dem Stabsarzt mehr Einzelheiten zukommen. Flottillenarzt Dr. Landmann vom Schifffahrtsmedizinischen Institut der Bundesmarine in Kiel wolle aus dem Unfall eine Riesengeschichte machen, sagte er. Die Ärzte, die den Bootsmann Lochner untersucht hätten, seien überrascht gewesen, dass der Mann überlebt hatte.

»Das haben alle eurer schnellen Reaktion hier an Bord zugeschrieben«, sagte der Chef. »Es sei das erste Mal, haben sie gesagt, dass ein solcher Unfall in dieser Art behandelt worden sei. Der Landmann hat darüber einen Bericht in den Bekanntmachungen der Marine veröffentlicht. Da ist weder von uns noch von dir die Rede, Max, und es liest sich, als ob er, der Flottillenarzt Dr. Landmann, sich das alles ausgedacht hätte ...«

»... nix Neues«, sagte KptLt Berger.

»Ich habe den Mann besucht«, sagte der Chef. »Ich habe ihn zur Rede gestellt. Wir haben uns geeinigt. Er kann sich meinetwegen mit Lorbeeren überschütten. Dafür lässt er die Absicht, den Unfall behördlich untersuchen zu lassen, fallen ...«

Max Berger stellte sich vor, wie der mickrige Flottillenarzt dem Chef leichtsinnigerweise zur Begrüßung die Hand gereicht hatte.

»Wir haben nichts zu verbergen«, sagte er.

»Natürlich hast du recht, aber wer will denn so'n Scheiß ... Monate dauert das. Die stecken ihre Nase überall hinein ... nee ... ist so besser ...« Er sah Berger ernst an. Dann spielte ein Lächeln um seine Augen.

»Deine Frau lässt grüßen«, sagte er. »Falls du noch weißt, wo sie wohnt, sollst du sie mal besuchen ...«

Das Heben der drei Minen und des Torpedokopfes ging reibungslos vonstatten. Der Chef bewunderte die Spinne, und HptBtsm Fiedler strahlte.

»Das funktioniert jetzt schon seit zwei Monaten, Herr Kaleu«, sagte er.

»Macht ordentlich Fotos von der ganzen Sache«, sagte der Chef. »Wenn der Einsatz beendet ist, veröffentlichen wir einen Bericht. Dann werden einige Leute dumm gucken ...«

KptLt Berger bot dem Chef an, die vier Kampfmittel hochzujagen, aber es wurde kein Neoprenanzug gefunden, der ihm gepasst hätte. Und »ganz ohne« wollte sich der Riese auch nicht in die kalte Ostsee stürzen. Aber er fuhr im Schlauchboot mit, von dem aus die Sprengung durchgeführt wurde. Berger beobachtete vom Peildeck aus, wie der Taucher zurück ins Schlauchboot kam, nachdem er die Vernichtungsladung angebracht hatte. Großzügig gab er dem Chef die Zündmaschine. OBtsm Leichthammer, der sich als bester Schlauchbootsurfer erwiesen hatte, fuhr das Boot.

Als die vier Ladungen unisono hochgingen, erhob sich wie gewöhnlich eine gewaltige Wassersäule aus der Ostsee. In der herumgeschleuderten Gischt war das Schlauchboot mit seinen Insassen kaum auszumachen. Es schien sich unmittelbar am Rand der Säule aufzuhalten. Leichthammer, der schon mal bei einem Übungsschießen mit der Bazooka ein paar Bäume gefällt hatte, konnte auch dieses Mal der Versuchung nicht widerstehen, seinen Adrenalinspiegel um ein paar Stufen zu erhöhen. Nach dem Kollaps der Säule schoben die Wassermassen die entstandene Welle vor sich her. Leichthammer fuhr in voller Fahrt mit dem Schlauchboot auf sie zu, drehte am höchsten Punkt ab, sauste den Wasserhang hinunter, stieg wieder hinauf, sauste wieder hinunter. Das tat er, bis die Welle ausgelaufen war.

»Verrückt! Absolut verrückt!«, prustete der Chef, als er wieder auf der Hansa stand. Er war ziemlich nass geworden, aber er strahlte über das ganze Gesicht. »Passt bloß auf, dass dabei nichts passiert ... ich habe nichts gesehen!«

Nach der üblichen Unterwasserinspektion der Sprengung erklärte KptLt Berger dem Chef das Einsatzplot. Dann fuhren sie zurück zur Position nahe dem zuletzt gefundenen Kampfmittel. Unterwegs zeigte Berger seinem Boss das Einsatzgebiet in natura.

»Da ... steuerbord voraus ... liegt die rote Radarboje«, sagte er und zeigte in die angegebene Richtung. »Das ist unsere Datum Buoy. Darauf basiert das ganze Plot.«

Der Chef konnte die Boje mit bloßem Auge nicht sehen, und Berger gab ihm sein Seeglas.

»So weit ... Riesengebiet«, murmelte der Mann vor sich hin. »Sehr eindrucksvoll, Max«, sagte er laut. »Übrigens ... da hat eine Dame vom Neubaugebiet der Marina Wendtorf angerufen. Sie wollte mit dir reden. Sie hat auch gesagt, dass dort keine weiteren Risse mehr aufgetreten seien, und dafür wolle sie dir persönlich danken ... meint das was?«

Max Berger berichtete dem Chef, wie das Treffen im Maritim Hotel Belle Vue abgelaufen war. »Das ist ja schon Wochen her«, sagte er. »Und, nee, das meint nichts ... nicht für mich ...«

Zum besonderen Anlass des Chef-Besuches hatte der Smut der Hansa gebacken. Nach dem Ankermanöver gab es für alle Kaffee und Kuchen. Der Chef, der Stabsarzt, HptBtsm Fiedler und KptLt Berger saßen in der Messe des Minentaucherbootes. Mitten in einer Ostpreußen-Geschichte des Leitenden machte es Rums an der Steuerbordseite der Hansa. Der Schmadding erschien.

»Stier ist längsseits, Herr Kaleu«, sagte er. Sein Blick wechselte zwischen dem Chef und seinem Kommandanten hin und her.

»Der kriegt keinen Kuchen«, rutschte es Berger heraus.

120

»Eigenartiger Bursche«, meinte der Chef mit einem Augenzwinkern und imitierte ein breites Grinsen. Und dann: »Bevor ich gehe ... der Flottenchef hat seinen Besuch bei euch angesagt. Der Termin steht noch aus.« Der Chef zwängte sich aus seiner Ecke heraus.

»Ich sage Bescheid ... und ... kein Surfen, wenn der hier ist! Das ist ein Befehl ...!«

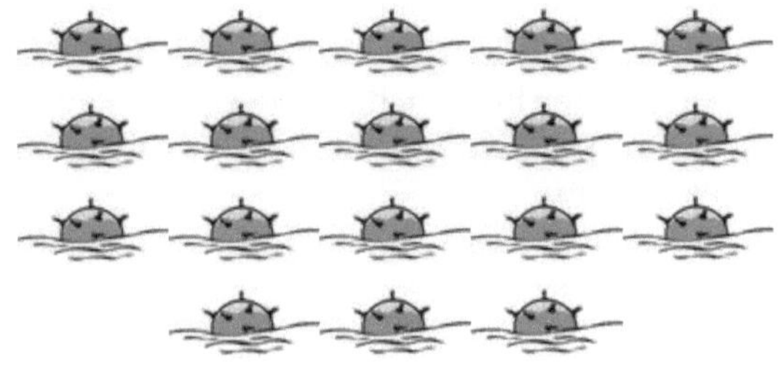

Der Flottenchef kam nicht. Sehr zum Bedauern Max Bergers. Er hatte sich vorgenommen, dem Admiral zu zeigen, wie sie arbeiteten.

Kein Türke.

Alles echt.

Und dazu gehörte auch die Dick-und-Warm-Bekleidung. Vielleicht hätte das einen Anstoß gegeben, dass den Schiffsbesatzungen in Zukunft Ausrüstung zur Verfügung gestellt würde, die dem Seebetrieb gerecht wurde. Berger tröstete sich damit, das Problem im Bericht zu erwähnen, den der Chef angekündigt hatte.

In einer Besprechung mit den Tauchern und der Besatzung der Hansa wurde entschieden, in den Endspurt zu gehen. Die Wetterlage war günstig, und wenn sie ordentlich ranklotzten, wie Berger es nannte, könnten sie in zwei Wochen fertig sein. Sie befanden sich offensichtlich im Randgebiet des Munitionsversenkungsbereiches. Die Funde wurden von Tag zu Tag weniger, und die Abdeckung des Einsatzgebietes wurde zusehends wirkungsvoller.

»Wir laufen morgen früh nach Kiel«, sagte Berger. »Das ist gleich um die Ecke. Smut, machen Sie die Liste fertig. Wir kaufen ein für drei Wochen.«

Der Koch bestätigte.

»Leitender«, Berger wandte sich an HptBtsm Fiedler, »wie sieht es mit Wasser, Außenbordersprit und Diesel aus ... Fillinger, brauchen wir Atemkalk ... Mischgas ... ?«

Der Leitende und HptBtsm Fillinger machten Notizen.

»Wenn wir von Kiel zurück sind, geht es nonstop«, sagte KptLt Berger. »Bis zum Ende.«

In Kiel ging alles schneller als erwartet. Um den Enthusiasmus seiner Leute nicht zu strapazieren, verzichtete Max Berger auf einen Kurzbesuch bei seiner Familie in

122

Eckernförde. Telefongespräche mussten genügen. Er hatte sich auch mit seiner Frau geeinigt, dass sie nicht mit der Tochter nach Kiel kommen würde.

»Gleiches Recht für alle«, hatte er gesagt.

Ein paar Hafenkneipen mochten vielleicht etwas gelitten haben, nachdem die Hansa-Gang da durchgezogen war, aber Max Berger wollte das gar nicht so genau wissen. Woher HptGefr Altmeiers blaues Auge kam, interessierte ihn auch nicht weiter.

Nach drei Tagen waren sie zurück im Einsatzgebiet. Der Wind hatte aufgefrischt, aber die Unterwassersicht war nach wie vor für die visuelle Suche ausreichend. Der Plan war, soviel Gebiet wir möglich mit der Suche abzudecken, und die Funde mit den roten Bojen zu kennzeichnen.

»Wir karren die Dinger raus, wenn es ruhiger wird«, sagte KptLt Berger.

Gegen alle hoffnungsfrohen Voraussagen fanden die Minentaucher doch noch eine beachtliche Menge Kampfmittel. Da lagen Haufen von Artilleriemunition, wovon sie nur die großen Kaliber hoben, wieder versenkten und detonierten. Die See war wieder ruhiger geworden. Ein Tief über der Nordsee bescherte ihnen Südwind, und bei der Landnähe des Einsatzgebietes hatte das Meer nicht genügend Raum, um Seegang aufzubauen. Bei einer Sprengung ging nur knapp die Hälfte der Geschosse hoch, und jedes der übriggebliebenen Großkaliber musste einzeln beseitigt werden. Das dauerte einen ganzen Tag.

»Wenn das so weitergeht, schaffen wir unsere Frist nie«, sagte KptLt Berger, als er das Plot auf dem Kartentisch studierte. »Vielleicht sollte man diese Scheißdinger einfach liegenlassen.« Er deutete auf die Plotsymbole für die Artilleriemunition.

Der Navigationsmaat stand neben ihm.

»Jetzt zum Ende des Einsatzes sollten wir vielleicht besonders sorgfältig arbeiten, Herr Kaleu«, meinte er. Berger sah den Mann überrascht an.

»Philosoph ...?«, fragte er.

»Abergläubig«, sagte der Maat.

»Recht hast du«, sagte Berger nach einer Pause und wunderte sich beim Verlassen der Brücke, wer ihm diesen Weisen geschickt hatte.

»Aufpassen, Max Berger«, sagte er im Geiste zu sich selbst. »Aufpassen.«

Zur Überraschung aller kamen sie in ein Gebiet mit 960kg-TMC-Minen. Die lagen alle mehr oder weniger auf einem Haufen. Das waren gewaltige Dinger, und Berger nahm jeweils nur eine Mine an Deck, fuhr sie ins Detonationsgebiet und sprengte sie. Auch das dauerte. Aber der Kommandant der Hansa widerstand der Versuchung, seine Leute zu schnellerem Arbeiten anzuregen. »Was kommt – kommt«, dachte er.

Die gleiche Einstellung behielt er auch bei, als nach seinen letzten SITREPS ans Flottenkommando die Aufforderung kam, den Einsatz so schnell wie möglich zu Ende zu bringen. KptLt Berger weigerte sich, trotz wiederholten Anfragen, einen Endtermin zu nennen.

»Der Flottenchef hätte mal herkommen sollen«, sagte er bei einer Besprechung mit den Tauchern. »Dann hätte er mal gesehen, wie lange es dauert, nur eines von diesen Dingern zu finden, hochzunehmen, rauszukarren und hochzujagen ...« Berger deutete mit ausgestrecktem Arm nach Norden, in Richtung Glücksburg in der Flensburger Förde. »Wir machen so weiter ... wie bisher«, sagte er.

Als ob der Teufel seinen Einfluss geltend machte, verdichtete sich die Masse der gefundenen Kampfmittel weiter. Da waren weniger Torpedoköpfe, aber mehr von den größeren, schwereren Objekten. Das Heben der Kolosse war schwieriger, und das Versenken brachte Probleme, wenn die Hansa rollte oder stampfte. Da war genaues Timing erforderlich, und alle Beteiligten mussten sich enorm konzentrieren. Der Schmadding, der die Lose des Hebetaus am Poller kontrollierte, und der Leitende an der Winde waren ein hervorragend eingespieltes Duo. Meistens bediente OMaat Brose den Heckdavit. Da dessen Drehen manuell geschah, kamen nur die Stärksten des Einsatzteams für diesen Job in Frage. Die Drehung musste zügig und ohne Rucken geschehen. Darum standen manchmal zwei Männer am großen Handrad.

Als eine Luftmine mit 1700kg Sprengstoff gehoben wurde, lag die Hansa ziemlich ruhig. KptLt Berger hatte sein Schiff gegen den leichten Seegang gelegt, und hielt es mit Kurs- und Fahrtkorrekturen stabil, nachdem die Winde angezeigt hatte, dass die Mine frei vom Meeresgrund war. Meter für Meter wickelte der Spillkopf der Winde das Hebetau auf. Als die Mine an die Wasseroberfläche kam, angelten zwei Männer mit Bootshaken nach den Führungsleinen, um die Last besser kontrollieren zu können. OMaat Brose bediente das Handrad des Davits. In einer stetigen Bewegung schwang er die Mine mit dem kleinen Kran der Hansa über das Achterdeck. Der Schmadding schrickte die Hebeleine am Poller und HptBtsm Fiedler an der Winde ließ den Spillkopf gleichzeitig langsam rückwärtslaufen.

Mit kaum hörbarem Klonk setzte die Mine auf dem Achterdeck auf. Zwei Seeleute packten Sandsäcke gegen ihre Seiten, um sie so gut wie möglich zu arretieren. Mittlerweile Routine.

»Wasser, Marsch«, ruft der Leitende zum E-Maat hinüber. Der legt den Schalter auf seinem Schaltbrett um.

Nichts.

Die Spinne bleibt stumm.

Das erwartete Rauschen, der Sprühnebel, und das Platschen des Wassers im Wassergraben des Achterdecks bleiben aus.

»Was ist los!?«, ruft der Leitende.

»Die Pumpe!«, ruft der E-Maat. Seine borstigen, blonden Haare scheinen ihm weiter als sonst vom Kopf abzustehen. Sein Gesicht rötet sich. Er dreht das Schaltbrett einige Male um, bewegt den Hebel des Schalters hin und her.

Nichts.

Kein Wasser.

KptLt Berger beobachtet den Vorgang vom Peildeck aus. Er gibt dem Gefechtsrudergänger den zu steuernden Kurs und lässt den Fahrhebel der Hauptmaschine auf »Voraus Kleine« legen. Er steigt vom Peildeck.

»Pützen, Leitender«, sagt er zu Hauptbootsmann Fiedler, und ruft: »Schmadding! Alle Mann an die Pützen. Kette bilden und das Ding kühlen ... los geht's!«

Zwei Ketten stehen im Nu. Eine an Backbord, und die andere an Steuerbord. Die Männer werfen die angeschlagenen Pützen über die Reling, bringen sie gefüllt hoch und reichen sie weiter. Die Luftmine erhält eine Dusche. Unterbrochen zwar, aber eine Dusche. Eimer für Eimer klatscht das kalte Ostseewasser auf ihr Gehäuse.

Aber es sprüht nicht ununterbrochen.

Der feine Wasserstaub, dessen Partikelchen es schaffen, selbst in der faden Frühjahrssonne zu verdunsten, um damit die Außenhaut des Sprengkörpers zu kühlen, ist nicht vorhanden. Die Wasserladungen aus den Eimern klatschen gegen die Gehäusewandung der Luftmine, laufen ab wie Miniaturwasserfälle und hinterlassen fast trockene Stellen, bis die nächste Ladung Wasser ankommt. Vielleicht an derselben Stelle, vielleicht woanders.

Der E-Maat schwitzt. Er hat seine selbstgebaute Schaltung auseinandergenommen und prüft jeden einzelnen Baustein. Ein E-Heizer hält ihm die Werkzeuge hin.

Der Leitende beobachtet. Er gibt keinen Ton von sich.

Auch KptLt Berger wartet.

Alle warten, dass die Spinne wieder läuft.

Innen in der Luftmine ist alles wie auf dem Meeresgrund. Alles, wie es 26 Jahre lang gewesen ist. Das Heben und das Legen aufs Achterdeck wurde in der Mine nicht registriert. Wie eingebaute, präzise, überempfindliche Thermometer beobachten die Moleküle in der Mitte der 1.700kg TNT die Temperatur. Bruchteile eines Grades entscheiden, wie sich die Ladung verhalten wird.

In den nächsten Stunden.

In den nächsten Minuten.

In den nächsten Sekunden.

Alles ist offen.

Die Hansa pflügt unbeeindruckt von alledem durch die Ostsee. In strahlendem Sonnenschein hält sie schnurgerade auf die Versenkungsposition zu. Der Gefechtsrudergänger legt das Ruder, je nachdem wie die Kompassrose vor ihm ausweicht.

Drei Grad Backbord, mittschiffs.

Zwei Grad Steuerbord, mittschiffs.

Er weiß nicht, was auf dem Achterdeck geschieht. Er ist ausgebildet, das Schiff nach den Angaben des Wachoffiziers zu steuern. Egal, was um ihn herum passiert.

Der Maschinenmaat steht vor den Anzeigeinstrumenten in der Brücke. Sein Blick wandert von der Back, die er durchs Brückenbullauge sieht, zurück zu seinen Anzeigen.

Drehzahl.

Kühlwassertemperatur.

Öldruck.

Öltemperatur.

Abgastemperatur.

Daneben ist die Sektion für die E-Diesel. Die gleichen Anzeigen, wie für die Hauptmaschine, zuzüglich einem Volt- und einem Amperemeter. Die Instrumente gibt es zweimal. Auf der linken Seite der Anzeigen für die Hauptmaschine befinden sich die für den Backbord-E-Diesel, und auf der rechten Seite jene für den Steuerbord-E-Diesel. Der Backbord-E-Diesel ist gestoppt. Da stehen alle Anzeigen auf null. Auf der Seite des Steuerbord-E-Diesels stehen alle Zeiger der Anzeige-instrumente leicht vibrierend auf den gewohnten Werten. Alles, wie es sein soll.

Nach achtern hat der Maschinenmaat keine Sicht. Dazu müsste er aus der Brücke aufs Seitendeck des Schiffes treten.

Der Navigationsmaat ist vom Kommandanten vergattert worden, den Abstandsring auf dem Radargerät zu beobachten. KptLt Berger hat den grün aufleuchtenden Ring auf die Distanz von der roten Radarboje in der Südwestecke des Einsatzgebietes zur Versenkungsposition eingestellt. Der Maat weiß, dass die Hansa im Mittelpunkt des Schirms dargestellt ist. Er weiß auch, an welchem Punkt er den Kommandanten wahrschauen soll. Spätestens. Auch er hat keinen direkten Augenkontakt zum Achterdeck.

Die Männer in der Kette mit den Pützen wechseln ihre Stellung zueinander. Es geht reihum, wer schöpft. Das ist anstrengend und inzwischen merken es alle in den Armen. Aber Wasser wird weiterhin auf die Luftmine geschüttet. Eimer für Eimer.

Plötzlich steht auf dem Achterdeck alles für einen Moment still. Jeder hält inne. Alle gucken auf den E-Maat.

»Halunke!«, schreit der aus vollem Hals, lacht wie ein kleiner Knirps und zeigt mit zittrigem Zeigefinger und hochrotem Kopf auf die Schaltung vor sich. Vor Erregung fliegt ihm Spucke aus dem Mund, als er brüllt: »Da!« Und wieder: »Da ...! ... Du Gauner ... jetzt hab ich dich endlich ... gib mir den Lötkolben«, raunzt er den E-Heizer neben sich an. Er blickt kurz auf die Umstehenden. »Kondensator!«, ruft er. »Einer von den Burschen hat es gewagt, auszusteigen. Dabei habe ich die Banausen zehnmal gemessen ... aber ... jetzt ... hat er ... ver ... schissen!«

Innen in der Mine registrieren die Moleküle eine Veränderung. Die Temperatur des Sprengstoffes ist minimal angestiegen. Genug, um eine Reaktion in Gang zu setzen, auf die die Moleküle gewartet haben. Dafür ist ihre Struktur entworfen- und zusammengebaut worden. Dafür sind sie da. Das teils gebundene Wasser erwärmt sich. Es strebt den Punkt an, wo es sieden kann. Eher hier, an der Oberfläche, wo der Umgebungsdruck geringer ist als in der Tiefe der Ostsee. Das TNT erwärmt sich.

Der E-Maat hat in seiner Wunderkiste einen Ersatzkondensator gefunden. Geschickt lötet er das defekte Bauteil ab, entfernt es aus der Schaltung und lötet den neuen an. Seine Zungenspitze folgt jeder Bewegung des Lötkolbens in seinen Händen.

»Halt das Teil still«, sagt er zu seinem Assistenten und arbeitet konzentriert weiter. Nach kurzer Zeit presst er die Platine mit der Schaltung ins Gehäuse, lässt seinen Blick über das Achterdeck schweifen, ruft: »Achtung!«, und legt den Hebel am Schalter um.

Die Pumpe surrt. Erst langsam, aber dann bekommt sie Wasser und erhöht ihre Umdrehungen. So soll es sein. Mit konstantem Singen fördert sie das Seewasser in die Kupferrohre. Spuckend – zunächst – tritt es aus den winzigen Bohrungen heraus, um dann gleichmäßig und stetig das Wasser-Nebel-Gemisch zu erzeugen, worauf alle auf dem Schiff gewartet haben.

Der E-Maat schaut um sich. Er strahlt. Beifall ertönt, und die Ketten mit den Wasserpützen lösen sich auf. Das Achterdeck der Hansa ist in den gewohnten Sprühnebel getaucht. Die Luftmine ist im künstlichen Seewasserregen kaum zu sehen.

»Das hat ja nochmal geklappt«, sagt HptBtsm Fiedler.

»Gut gemacht«, sagt KptLt Berger zum E-Maat im Vorbeigehen und steigt zum Peildeck hinauf. Er nimmt den Stöpsel aus dem Sprachrohr neben sich und fragt hinein: »Brücke ... wie weit noch?«

Bevor er eine Antwort bekommt, ertönt ein Schrei vom Achterdeck: »Herr Kaleu ...! Die Mine ...!«

Berger dreht sich um. Im Nebel der Spinne halb verborgen, dampft die Luftmine. Weißer Rauch umgibt sie. Der feine Sprühregen aus den Kupferrohren wird beim Auftreffen auf die Außenhaut des Minengehäuses in Dampf umgewandelt. Mehr Wasser schießt aus der Spinne heraus, mehr Dampf entsteht in Bruchteilen von Sekunden. Der Nebel wird dichter. Kaum etwas ist mehr zu erkennen.

Das Achterdeck ist plötzlich menschenleer. Niemand ist zu sehen. KptLt Berger greift nach dem Mikro für die Oberdeckslautsprecher.

»Alle Taucher sofort aufs Achterdeck«, spricht er hinein. Kontrolliert.

»Keine Panik«, denkt er.

Auf der Brücke wirft der Maschinenmaat einen Blick auf seine Instrumente. Er tritt durchs Schott nach draußen, lehnt sich an die Reling und sieht sich um. Die Sonne ist angenehm warm. Er nimmt das Schiffchen vom Kopf und hält sein Gesicht in die Sonne. Er hört die Ansage des Kommandanten und blickt spontan nach achtern. Von der Druckkammer und der Winde fast verdeckt, sieht er den Nebel um die Mine. Dicke Schwaden steigen auf und verteilen sich zu langen Schlieren, bevor sie sich in Nichts auflösen.

»Was iss'n das ...?«, entfährt es ihm.

Er sieht Männer im Nebel herumlaufen. Aufgeregt erscheinen sie ihm. Er will hinrennen, aber seine Dienstpflicht hält ihn zurück. Er muss auf Station bleiben.

Der Maat hört den Kommandanten vom Peildeck Befehle durch das Megafon rufen: »Relingstützen achtern umlegen ... Hebetau kappen ...«

Der Maat eilt auf die Brücke. Sieht, wie sein Kamerad, der Navigationsmaat, auf der anderen Seite an der Reling steht und nach achtern guckt. Dann kommt er eilig auf die Brücke, guckt in das Radargerät und eilt wieder hinaus.

»Auf Station bleiben!«, ruft der Maschinenmaat.

Im Maschinenraum unter der Wasserlinie sind zwei Heizer damit beschäftigt, eine Ersatzkühlwasserpumpe zu reinigen. Sie haben sie zerlegt, und die Teile liegen auf den Flurplatten. Gewöhnlich erledigen sie diese Arbeit an Deck. Aber da die Hauptmaschine nur langsam läuft, nutzen sie die angenehme Wärme und arbeiten unten. Einer von ihnen, ein dicklicher Obergefreiter in grauem Arbeitspäckchen, bedeutet dem anderen, dass er an Oberdeck gehen wolle. Eine rauchen, so zeigt er es mit zwei ausgestreckten Fingern vor dem Mund. Als er an Deck kommt, sieht er sofort den Zustand auf dem Achterdeck. Er vergisst, seine Zigarette anzuzünden. Sie hängt ihm kalt vom Mundwinkel herab. Der Kommandant steht hinten auf dem Peildeck und gibt Befehle mit dem Megafon. Die Spinne besprüht die Mine. Diese ist in Dampf gehüllt. Schwaden steigen davon auf. Durch den Nebel sieht der Mann, dass die Heckreling neben dem Davit weg ist. Ein Ende des dicken Hebetaus hängt von der Mine herunter, als ob es durchgetrennt worden wäre.

»Leitender!«, ruft der Kommandant, »lassen Sie Verschlusszustand herstellen ... sofort!«

Der Leitende läuft am Obergefreiten vorbei, nimmt ihm die Zigarette aus dem Mund und wirft sie ohne Kommentar in die vorüberziehende See. Er verschwindet auf der Brücke. Momente später kommt über die Oberdecklautsprecher: »Verschlusszustand herstellen! Verschlusszustand herstellen! Das ist keine Übung! ... Verschlusszustand herstellen!«

Der Obergefreite greift um die Ecke der Tür zum Maschinenraum. Da hängt seine Schwimmweste. Er zieht sie an wie eine Jacke, verschließt den Brustgurt und zieht den langen Gurt von hinten nach vorne durch den Schritt. Bevor er auf seine Station eilt, sieht er, wie die Minentaucher auf dem Achterdeck versuchen, die Mine zu rollen. Sie haben ihre dicken Neoprenhandschuhe an.

»Die Sandsäcke!«, ruft KptLt Berger durchs Megafon vom Peildeck auf das Achterdeck. Die Taucher sind alle da. Zwei reißen die Sandsäcke hinter der Luftmine weg. Die anderen stehen bereit, das Ding über das Heck in die Ostsee zu rollen. Das Gehäuse ist so heiß, dass die Männer es trotz der dicken Handschuhe nur kurze Zeit berühren können.

»Verschlusszustand hergestellt, Herr Kaleu«, sagt der Leitende hinter ihm.

»Maschine Stand-by für Voraus Äußerste«, sagt Berger.

HptBtsm Fiedler wiederholt, steckt seinen Kopf in den Niedergang zur Brücke und ruft hinunter: »Maschine Stand-by für Voraus Äußerste!« Gedämpft hört KptLt Berger die Bestätigung von unten.

»Fillinger!«, ruft er hinunter zum Achterdeck, »passt auf! ... Wenn die Mine ins Wasser kommt, gehen wir auf Voraus Äußerste! Dass mir keiner über Bord geht! ... Auch noch ...« Das Letzte sagt er leise vor sich hin.

»Alles klar!«, ruft Fillinger. Und dann: »Rolleeen! ... Rollt!«

Die Taucher stemmen sich gegen die Flurplatten des Achterdecks. Die Mine bewegt sich, beginnt zu rollen. Langsam – dann schneller ...

Die TNT-Moleküle in der Luftmine bekommen grünes Licht. Je höher die Temperatur steigt, desto näher kommen sie an den Punkt, ab dem sie ihre Reaktionsgeschwindigkeit bis ins Un-endliche steigern können. Die Anfangswärme war ausschlag-gebend.
Der Rest – nur eine Frage der Zeit.
Die Abführung der Wärme auf der Außenhaut des Gehäuses – nur ein Aufschub.

Auf der Brücke beobachtet der Navigationsmaat nach wie vor den Radarschirm. Der Abstandsring ist fast an der vorher eingestellten Position. Der Maat will nach oben aufs Peildeck gehen. Der Maschinenmaat hält ihn zurück.
»Wo willst'n hin?«, fragt er.
»Bescheid sagen. Wir sind gleich da ...«
»Bleib hier, Idiot«, sagt der Maschinenmaat. »Halt dich lieber fest ...«

Die rollende Luftmine ist kurz vor dem Heckspiegel der Hansa.
»Wahrschau! Aufpassen!«, ruft KptLt Berger durchs Megafon, dreht sich nach vorne und ruft: »Maschine, voraus äußerste Kraft!«
Dicker, fetter, schwarzer Qualm hustet aus dem Unterwasserauspuff des Minentaucherbootes. Jede einzelne verfügbare Pferdestärke des Zwölfzylinders lässt die Schiffsschraube in das Meer beißen. Die Hansa duckt sich am Heck wie ein Raubtier, das sich zum Sprung vorbereitet, und als die Luftmine mit den fast zwei Tonnen TNT in die aufgewühlte Hecksee klatscht, beschleunigt das Schiff.
Die Taucher, der Last enthoben, straucheln, fangen sich gegenseitig, um nicht, ob der Doppelaktion, der Mine zu folgen.

»Achterdeck räumen! Achterdeck sofort räumen!«, sagt Berger über die Bordsprechanlage. Und dann: »An Besatzung und Taucher: Alle sofort hinsetzen oder hinlegen ... niemand, ich wiederhole, niemand bleibt ste ...«

...ein Schlag wie von einem 20-Pfund-Hammer gegen ein Modellschiff trifft die Hansa. Alles, was auf dem Minentaucherboot nicht festgeschraubt ist, fliegt durch die Gegend. Den Menschen an Bord wird das Deck unter den Füßen weggezogen und zur Seite gerissen. Keiner bleibt, wo er ist. Das Heck hebt sich, wird von einer Riesenfaust auf die Steuerbordseite gedrückt, wie ein Segelschiff, dass von einer gewaltigen, unerwarteten Sturmbö nahe an seinen Kenterpunkt geworfen wird. Die Schraube der Hansa saugt Luft, die Hauptmaschine überdreht, schreit auf. Das Heck fällt zurück in dichtes Wasser, die Schraube bekommt Überlast, die Maschine würgt ab. Aus dem Maschinenraum ein kreischendes Geräusch. Der Maschinenmaat auf der Brücke hatte sich gerade auf den Boden gesetzt. Er findet sich auf der anderen Seite der Brücke, fast in den Armen des Navigationsmaaten, wieder. Er strauchelt auf die Füße, wundert sich, warum die Hauptmaschine steht. Er hört das Kreischen aus dem Maschinenraum. Dann sieht er die Nadel des Umdrehungsanzeigers für den Steuerbord-E-Diesel am Anschlag über dem roten Bereich. Bevor er denken kann, sind alle Instrumente tot. Die Hansa ist stromlos. Das Geräusch im Maschinenraum ist erstorben. Auf dem Minentaucherboot herrscht absolute Stille. Gelähmt treibt es auf der nachmittäglichen Ostsee. Dümpelt im niedrigen Seegang von einer Seite auf die andere. Keine Menschenseele ist an Oberdeck zu sehen. Ein Geisterschiff.

Hinter dem Boot breitet sich ein kreisförmiger, brauner Fleck aus, tote Fische schwimmen auf, Seegrasfetzten vermischen sich mit vom Grund hochgeschleudertem Schlamm. Niemand an Bord hat den Wasserberg direkt hinter dem Schiff gesehen. Anders als sonst. Flacher. Die Mine hatte den Meeresboden noch nicht erreicht, als sie hochging. Die Detonationswelle konnte sich kugelförmig ausbreiten.

Der Leitende, Hauptbootsmann Fiedler, berappelte sich als erster. Er lag auf der Bank in der Messe. Er schnüffelte, testete die Luft. Diesel. Noch herrschte Verschlusszustand. Er musste den Kommandanten finden. Er stand auf und ging los, ohne sich zu wundern, dass ihm nichts geschehen war. Er fühlte sich nicht mal benommen oder sonst irgendwie anders als sonst.

KptLt Berger befand sich auf dem Peildeck. Er war drauf und dran gewesen, sich auf seinen Sitz auf der Steuerbordseite zu setzten, als die Mine in neun Meter Wassertiefe, nur 25

132

Meter vom Heck des Schiffes entfernt, hochgegangen war. Der Sitz war ihm aus der Hand gerissen worden, und er hatte sich auf den Grätingen, auf der Seite liegend, wiedergefunden. Der Gefechtsrudergänger saß über ihm, als ob nichts gewesen wäre. Als die Hansa wieder stabil war, kletterte er von seinem Sitz und half dem Kommandanten auf die Füße. Keiner von beiden sagte ein Wort.

»Erbarmung«, gab der Leitende den ostpreußischen Ausdruck höchster Verwunderung von sich, als er auf das Peildeck kam. »Erbarmung.«

»... Sie okay, Leitender?«, wollte KptLt Berger wissen.

Der Leitende sagte nichts.

»Schadensmeldung ... alle Abteilungen«, sagte Berger. Er griff nach dem Mikro für die Bordsprechanlage. Die Anlage war tot.

»Hauptbootsmann Fiedler«, sagte der Kommandant. »Gehen Sie durch alle Abteilungen und geben Sie mir einen Schadensbericht. Den Verschlusszustand können Sie unterbrechen ... Schröder«, Berger wandte sich an den Gefechtsrudergänger neben sich, »gehen Sie runter, der Stabsarzt soll zu mir kommen.«

Es waren für Berger lange 15 Minuten, die der Leitende brauchte, um mit einem Schadensbericht wiederzukommen. Inzwischen hatte der Kommandant den Doktor beauftragt, durchs Schiff zu gehen, um nach der Besatzung und den Tauchern zu sehen. Das wäre nicht nötig gewesen, denn der Stabsarzt hatte einen der Seeleute zu seinem Assistenten erklärt und war bereits dabei, nach Verletzten zu suchen. Bisher waren nur ein paar Abschürfungen und Prellungen gemeldet worden.

Nachdem KptLt Berger den Schadensbericht des Leitenden bekommen hatte, ließ er den Verschlusszustand aufheben.

Sein Schiff hatte die Detonation der Luftmine glimpflich überstanden. Der Maschinenraum hatte am meisten abbekommen. Die Stopfbuchsenpackung der Hauptwelle war mehr oder weniger hereingedrückt worden und leckte gewaltig. Der Steuerbord-E-Diesel stand neben seinen Fundamenten. Alle Schwingmetalle waren abgerissen, die Kraftstoffleitung war geknickt und Diesel lief in die Bilge. Die Halterung der Notstrombatterien war gebrochen und die Kabel waren losgerissen.

Aber sie Hansa war trocken. Außer an der Stopfbuchse am Heck gab es keinen Wassereinbruch. Berger war erleichtert und erstaunt zugleich. Aber überrascht war er, als er durch das Schiff ging. Jeder Raum, jede Kammer, jedes Schapp sah aus, als wäre die Hansa auf den Kopf gestellt und ein paar Mal ordentlich durchgeschüttelt worden. Der Smut war in seiner Kombüse und betrachtete sein Reich, als ob er nicht wüsste, wo er anfangen sollte.

»Sauerei«, war alles, was ihm dazu einfiel.

»First things first«, lautete Bergers Motto.

Nachdem festgestellt war, dass es weder Tote noch Schwerverletzte gab, startete der Leitende den Backbord-E-Diesel. Die Stopfbuchse der Hauptwelle wurde neu verpackt, und die Hauptmaschine wurde gestartet. Da gab es einen Moment der Spannung, als der Schlauchanschluss an der Kühlwasserpumpe wegflog. Aber dieser Schaden konnte schnell behoben werden.

Die Hansa bewegte sich wieder aus eigener Kraft. Als die Sonne in einer weißen Dunstschicht über dem Land versank, ankerte KptLt Berger sein Schiff im Einsatzgebiet. Im letzten Licht des Tages überblickte er die zuletzt markierten Funde. Da lag eine stattliche Anzahl kleiner roter Bojen, neben deren Grundgewichten jeweils ein Monstrum lauerte, das mit Leichtigkeit in der Lage war, sein Schiff mit allem und allen an Bord zu pulverisieren.

»Und nun?«, dachte er.

Musterung auf dem Achterdeck der Hansa.

»Leute«, begann Max Berger. »Ich muss euch ein Kompliment machen. Selbst eine zwei-Tonnen-schwere Luftmine kann euch nichts anhaben!«

Die Männer lachten.

»Betrachten Sie diesen Tag als Test.«, fuhr Berger fort. »Betrachten Sie diesen Tag als Bewährungsprobe, die Sie mit Bravour bestanden haben. Wir haben viel gelernt. Wir wissen, was wir und unser Schiff abkönnen. Wir wissen, dass diese Dinger so heiß werden können, dass man sie nicht anfassen kann, und trotzdem nicht gleich hochgehen ... man muss sie nur rechtzeitig loswerden.« Berger behielt das letzte bisschen für sich. Er hatte entschieden, die Sache umzudrehen; aggressiv zu sein, um keine Panik aufkommen zu lassen, denn

134

die nächste Luftmine wartete schon da unten. Das wusste jeder an Bord.

»Ich könnte jetzt sagen: NEC ASPERA TERRENT«, Berger versuchte jeden Einzelnen der Männer vor ihm anzusehen. »Nichts kann uns erschüttern, oder so ähnlich. Aber das muss jeder mit sich selbst ausmachen. Wenn wir zurückschauen ... zurück auf diesen Einsatz, zurück auf alle Einsätze, die wir bis heute zusammen gefahren haben, ist dieser Tag nur eine Lappalie. Eine kleine Episode, die in kurzer Zeit vergessen ist. Niemand ist gestorben, die paar Beulen vergehen, und die Schäden am Schiff können wir mit Bordmitteln vorläufig beheben.« Berger machte eine Pause und sah den Leitenden an.

HptBtsm Fiedler schwieg, aber er nickte zustimmend.

»Morgen klaren wir auf«, sagte der Kommandant. »Übermorgen geht es weiter ... E-Meister, was macht der Kondensator ...?« Die Männer grinsten, manche pfiffen. Der E-Maat bekam einen roten Kopf und sagte laut: »Alles prima, Herr Kaleu!«

»Nachher macht die Kantine auf«, sagte Berger. »Keine harten Sachen, kein Wein. Nur Bier ... haben wir verdient.«

Abendessen in der Messe.

Erstaunlicherweise waren auf der Hansa sämtliche Glühbirnen heil geblieben. Aber in der Messe war nur eine gemütliche Seitenlampe angeschaltet. Der Smut hatte wegen des Zustands in der Kombüse einen riesigen Kessel Eintopf gekocht. Dazu gab es Brot. Eine Schüssel mit Eintopf stand auf dem Messetisch in der Mitte. Die Suppe darin folgte den Bewegungen des Schiffes. HptBtsm Fiedler wollte wissen: »Herr Kaleu ... mit der Mine heute. Wäre es nicht einfacher gewesen, das Ding mit dem Hebetau im Davit zu lassen? Dann rauschwenken, und das Tau kappen ...« Der Leitende machte eine waagerechte Bewegung mit der flachen Hand.

»Ja, Leitender«, sagte Berger. »Das mit dem Rausschwenken war meine erste Absicht, aber wegen des AK-Voraus war es mir für die Leute sicherer, das Ding so ins Wasser zu bekommen. Es hat ja geklappt ...«

»Gerade so ...«

»... gerade so reicht auch«, meinte Berger. »Wir wissen ja nicht, wie es anders gewesen wäre ... passen Sie auf, Doktor«, sagte er zum Stabsarzt, »das habe ich auf der Gorch Fock gelernt.« Er stellte seinen Teller neben die Schüssel mit der

Suppe, nahm die Schöpfkelle und rührte damit in der Schüssel dreimal rechtsrum, dann einmal links herum und hob die Kelle hoch. Außer einem bisschen Flüssigkeit, waren da nur die soliden Inhalte des Eintopfes. Er bot sie dem Stabsarzt an.

»Danke, nehmen Sie es«, sagte der Doktor. »Ich probiere das auch gleich ... ich finde es toll, wie Sie die Sache bei der Musterung vorhin behandelt haben. Psychologisch, meine ich. Man hat gemerkt, dass die Leute hinterher gelöster waren ...«

»...und Sie?«, wollte Berger wissen.

»Ich werde das mein Leben lang nicht vergessen, das können Sie mir glauben! ... Aber ... Sie haben dieses Mal nicht kontrolliert, ob die Mine auch wirklich detoniert ist.«

Diese Bemerkung führte zur Erheiterung der Anwesenden. Der Doktor nahm die Schöpfkelle, rührte dreimal rechts herum, dann einmal links, und füllte stolz seinen Teller mit dem Gefundenen.

»Wer will ein Bier?«, fragte er. »Ich gebe einen aus!«

Der Leitende akzeptierte, KptLt Berger lehnte dankend ab. »Sehr nett von Ihnen, Doktor, aber auf See – nie.«

»Ein Bier ...?«

»Hauptbootsmann Fiedler, Sie kennen die Geschichte sicher«, sagte der Kommandant.

Der Leitende sah ihn fragend an.

Berger fuhr fort: »Ein Freund von mir, Kommandant auf einem SM-Boot, hatte auf einer Verlegungsfahrt in der Nordsee zum Mittagessen zwei Bier getrunken. Er ist ein großer, schwerer Kerl, dem zwei Bier nicht anzumerken sind ... naja, eine Stunde später stürzt ein Starfighter ab – in erreichbarer Nähe des SM-Bootes. Der Pilot rettet sich mit dem Schleudersitz und treibt in der Nordsee. Die See ist nicht ruhig, aber auch nicht zu rau. Mit Glück finden sie den treibenden Piloten. Mit einem Mann-über-Bord-Manöver fährt mein Freund an den Piloten heran. Das Netz wird ausgebracht, und zwei Mann stehen bereit, den Piloten an Bord zu nehmen. Er zeigt keine Reaktion, man weiß nicht, ob er lebt oder nicht.«

Berger aß einen Löffel voll und biss von dem Stück Brot in seiner Hand ab. Dann redete er weiter: »Mein Freund hat den Piloten recht voraus, dreht im richtigen Moment ab und backst das Boot an ihn heran. Als das SM-Boot direkt neben dem Piloten ist, wird es von einer Welle angehoben, und das Heck setzt sich mehr oder weniger genau auf den Mann.« Berger machte eine Pause.

»Naja«, fuhr er fort, »als der Pilot rausgefischt wird, ist er tot. Untersuchungen hinterher können nicht ausschließen, dass die Verletzungen an dem Mann nicht von dem SM-Boot, sondern von dem Absturz stammen, aber in einer offiziellen Verhandlung wird mein Freund schuldig gesprochen. Er verliert seine Kommandantenbefähigung, wird degradiert und kündigt am Ende unter Verlust all seiner Bezüge und Versorgungseinheiten. Heute ist er frustrierter Lehrer ...«

Der Leitende hob die Hand und sagte zum Stabsarzt: »Aber warum der Kommandant das erzählt ... bei der Untersuchung wurden Zeugen vernommen. Der Backschafter, der an jenem Tag in der O-Messe Backschaft hatte, sagte aus, dass der Kommandant betrunken gewesen sei, als er den Piloten bergen wollte ... die zwei Bier, Stunden vorher, wurden ihm zum Verhängnis.«

»Ja«, sagte KptLt Berger, »nie auf See ...«

Aus dem kombinierten Mannschafts- und U-Deck kam Musik. Jemand schrammelte auf der Gitarre und dazu wurde gesungen. Irgendwelche zotigen Songs. Der UvD kam den Niedergang herauf, meldete sich und sagte: »Herr Kaleu ...?«

»Ja ...«

»Das Singen ...«

»Lass sie singen«, sagte KptLt Berger.

Das Aufklaren der Hansa dauerte länger als geplant. Auch wollte KptLt Berger den Steuerbord-E-Diesel wieder einsatzbereit haben. Man wusste nie ... die Ersatzteile dazu waren an Bord, und der Leitende schwitzte mit seinen Leuten den ganzen Tag im Maschinenraum, bis am späten Nachmittag das Geräusch zweier laufender E-Diesel Erfolg signalisierte.

Der E-Maat überprüfte seine Schaltung für die Spinnenpumpe noch einmal gründlich und säuberte ein paar Lötstellen, die er in der Eile eher hingekleckert hatte.

KptLt Berger setzte seine Meldungen über Funk ab und bekam nach dem letzten SITREP einen Funkspruch vom Chef, der ihm freistellte, den Einsatz eventuell abzubrechen, um die Hansa in der Werft checken zu lassen. Aber wie immer in der Befehlskette von oben nach unten, blieb es die »Entscheidung des Kommandanten«.

»Pontius Pilatus – ich wasche meine Hände in Unschuld«, sagte Max Berger zum Funker, der ihm den Spruch gebracht hatte.

OMaat Winter lächelte höflich, nahm sein Clipboard mit den abgezeichneten Funksprüchen und verschwand in seiner Funkbude.

Wie das Leben so spielt, war das erste Kampfmittel nach dem »Big Bäng«, wie die Detonation der Luftmine inzwischen an Bord genannt wurde, wieder ein 1.700kg schweres Luder. Und wieder gab es einen Zwischenfall. Die See war spiegelglatt, und die Hansa lag wie ein Brett in der Ostsee.

Alles ideal.

Als die Mine eingeschwenkt wurde und über dem Achterdeck des Minentaucherbootes schwebte, rutschte eine Windung des Hebetaus vom Spillkopf der Winde. Die Luftmine krachte ungebremst auf die Aluminiumplatten.

138

Niemand an Bord gab einen Laut von sich. Kein Fluchen, kein Stöhnen, niemand gab irgendjemand anderem die Schuld.

»Wasser, Marsch!«, befahl der Leitende und die Spinne trat in Aktion.

»Das war Nummer zwei«, sagte HptBtsm Fillinger zum Leitenden. »Mal sehen, was Nummer drei ist ... dieser Scheiß kommt immer zu dritt.«

»Dann lass uns mal lieber die Temperatur checken«, sagte OMaat Brose. Er war der Taucher, der die Vernichtungsladung anbringen sollte. Er hatte sein Neopren schon an. Er zog die Haube von hinten über den Kopf und verschwand im Sprühregen der Spinne.

KptLt Berger hatte das Dreier-Phänomen auch im Hinterkopf. Ein bisschen Aberglaube schade nicht, fand er sowieso. Er ließ sein Schiff halbe Fahrt machen bei der ruhigen See, und als sie an der Position zum Wiederversenken ankamen, war die Luftmine auf dem Achterdeck immer noch cool.

Die Nummer Drei zierte sich. Jede Einzelheit der Operation, jedes Teil, das eingesetzt wurde, unterzogen die Männer mindestens zwei Überprüfungen. Das fing mit dem kleinsten Schäkel des Hebegeschirrs an und endete mit der Farbe des Atemkalks in den FGTs. Auf Befehl des Kommandanten liefen auch beide E-Diesel, wenn die Spinne in Betrieb war.

Den selbstgesetzten Termin schafften sie nicht. Es dauerte ein paar Tage länger, bis das Plot vollends ausgefüllt war. Dann waren da nur noch grün schraffierte Flächen auf dem Plan. Die roten Symbole für die gefundenen und vernichteten Kampfmittel schufen ein fast bezauberndes Muster, fand KptLt Berger, wenn auch in der Natur des Einsatzes dieser Ausdruck nicht gerade passend schien. Um sicher zu gehen, und um eventuelle »Holidays« auszuschließen, ließ er noch einmal die Ränder absuchen. Da lagen noch einzelne kleinkalibrige Artilleriegeschosse, aber die wurden liegengelassen.

»Eine einzelne Zwo-Zentimeter macht selbst einem Jollensegler nichts aus«, sagte Berger zu den Tauchern. Sie hatten sich alle auf dem Achterdeck versammelt und studierten das Plot. Der Kommandant hatte es an Deck ausgebreitet.

Da waren:

Hauptbootsmann Fillinger,

Oberbootsmann Leichthammer,
Obermaat Brose,
Obermaat Einfeld,
Maat Wiederholdt,
Hauptgefreiter Altmeier.

»Na, wie haben wir das gemacht«, sagte OBtsm Leichthammer.

»Is's jetzt fertig?«, fragte HptGefr Altmeier.

OMaat Einfeld hatte die Calypso in der Hand und schoss ein paar Gruppenfotos.

»Für den Taucherkeller«, sagte er.

»Wir brauchen auch Fotos vom Plot«, sagte Berger. »Der Kompaniechef muss einen Einsatzbericht an die Flotte machen. Da sehen Fotos immer gut aus. Blöd, dass wir keine von den Detonationen gemacht haben ...«

»... haben wir«, sagte OMaat Brose. »Vom Schlauchboot aus, und das Surfen auf der Welle haben wir auch fotografiert ...«

»... hautnah«, sagte OBtsm Leichthammer. »Muss doch was für die Enkel haben ...«

»...ja, Opa ... wie denn«, sagte Maat Wiederholdt, »du hast ja noch nicht mal Kinder ...«

Während der Fahrt nach Eckernförde kam der Stabsarzt aufs Peildeck. Er hatte sich in den knapp drei Monaten auf der Hansa in das Bordleben »fast verliebt«, wie er sagte. Er konnte bei Seegang frei an Deck stehen, ohne umzufallen. Seine Haut hatte die Durchsichtigkeit verloren, und seine goldenen Ärmelstreifen hatten eine unwiderrufliche Patina angenommen.

Die Ostsee zeigte sich weiterhin von ihrer sanften Seite, und als das Minentaucherboot die Landecke Bokniseck an Steuerbord passierte, sagte der Doktor: »Ich hätte nie geglaubt, dass es Einheiten in der Marine gibt, die so viel Freiheit haben. Sie können praktisch tun, was sie wollen – in einem bestimmten Rahmen, nehme ich mal an.« Er zeichnete mit den Händen ein Rechteck in die Luft.

»Das ist im Prinzip schon richtig, Doktor«, sagte Max Berger. »... übrigens, warum reden wir uns eigentlich nicht mit Vornamen an? Das wollte ich neulich schon mal vorschlagen.«

Der Stabsarzt nickte zustimmend. »Ich heiße Rüdiger«, sagte er und streckte seine Hand aus.

»Max«, sagte Berger und ergriff die Hand des Stabsarztes. »Das mit der Freiheit ist schon richtig, Rüdiger. Ich glaube, das

140

kommt davon, weil wenige von den hohen Herren überhaupt wissen, was wir eigentlich machen. Manche nennen uns die ›Feuerwehr der Marine‹, andere denken, wir sind ein wilder Haufen, der die ganze Zeit mit Messern zwischen den Zähnen herumrennt ...«

Der Rudergänger neben ihnen lachte.

»Für mich sind die Minentaucher die einzige Einheit der Marine, die wirklich etwas Reelles macht. Wir üben nicht nur wie die anderen. Darum bin ich hier auch gelandet.«

Max Berger schilderte, wie er nach seiner Ausbildung zum Offizier als Minensucher in der Flotte angefangen hatte.

»Damals lief da noch etwas. Wir haben die Zwangswege in der Nordsee freigeräumt. Da hat es öfters gekracht. Das waren keine Übungsminen. Als das vorbei war, kamen endlose Manöver, Geschwaderübungen nach der ATP1 und so weiter. Tödlich langweilig ...«

»Na, über Langeweile kannst du dich hier nicht beklagen, wie ich das mitbekommen habe«, sagte der Doktor.

Der Funker meldete sich auf dem Peildeck.

»Was gibt's, Obermaat Winter?«, fragte der Kommandant.

»Herr Kaleu, der Chef fragt nach der ETA Eckernförde; dann bedankt sich der Stützpunktkommandeur von Olpenitz für den SITREP und das Dankeschön für die Einsatzunterstützung ... und dann ist das hier gekommen; die Adressaten sind die Minentaucherkompanie und wir, die Hansa. Der Funker reichte KptLt Berger sein Clipboard. Max Berger las:
FM FLOTTENKOMANDO
TO MINENTAUCHERKOMPANIE/
MINENTAUCHERBOOT HANSA
NFD
MSG
GLUECKWUNSCH ZUM EINSATZENDE VOR STEIN
STOP
BRAVO ZULU STOP
MELDEN WENN KLAR ZUR SUCHE EINER F104G IN
DER NORDSEE BEREICH HELGOLAND STOP
ACKNOWLEDGE
NFD
KptLt Berger reichte dem Stabsarzt das Clipboard.

»Lies mal«, sagte er.

Der Arzt las und sagte: »Da haben wir unsere Nummer drei!«

Verpassen Sie keine Neuerscheinung!

Tragen Sie sich in den Newsletter von *EK-2 Militär* ein, um über aktuelle Angebote und Neuerscheinungen informiert zu werden und an exklusiven Leser-Aktionen teilzunehmen.

Als besonderes Dankeschön erhalten Sie **kostenlos** das E-Book »Die Weltenkrieg Saga« von Tom Zola.

Deutsche Panzertechnik trifft außerirdischen Zorn in diesem fesselnden Action-Spektakel!

Entdecken Sie EK-2 Militär!

Verpassen Sie keinesfalls unsere aktuellen Bestseller und berüchtigten Klassiker.

Imperium Germanicum – Band 1
Von Hermann Weinhauer

Zusammen mit einem kleinen Kreis von Verschwörern entmachtet ein Feldmarschall die NS-Regierung und setzt eine militärische Elite ein, um den Verlauf des Krieges zu wenden.

Landser im Weltkrieg – Band 1
Von Hermann Weinhauer

Die wenigen deutschen Divisionen müssen sich einem an Material und Menschen weit überlegenen Feind stellen.

Raubkatzen der Meere
Von Erwin Welker

James Walker und seine Crew versuchen nach dem Krieg den dunklen Klauen
der Piraterie zu entfliehen.

WN 62
Von Hein Severloh

Die Autobiografie des MG-Schützen Hein Severloh erzählt von seinen
Erinnerungen an den D-Day, die größte Landeoperation des Zweiten
Weltkriegs.

Vom Omaha Beach bis Sibirien
Von Kurt K. Keller

Ehemaliger Soldat Kurt K. Keller berichtet biografisch von seinem bewegenden Leben an der Front und seinen Erlebnissen vom D-Day.

3.500 Tage Unfreiheit
Von Hans Heuer

Ergreifende Tagebuchaufzeichnungen und Erinnerungen des ehemaligen Soldaten Hans Heuer im Zweiten Weltkrieg.

Ihre Zufriedenheit ist unser Ziel!

Liebe Leser, liebe Leserinnen,

hat Ihnen unser Buch gefallen? Haben Sie Anmerkungen für uns? Kritik? Bitte zögern Sie nicht, uns zu schreiben. Wir werden jede Nachricht persönlich lesen und beantworten.

Schreiben Sie uns: info@ek2-publishing.com

Wussten Sie schon, dass Sie uns dabei unterstützen können, deutsche Militärliteratur sichtbarer zu machen? Bitte nehmen Sie sich einen Moment Zeit und bewerten Sie dieses Buch online. Viele positive Rezensionen führen dazu, dass das Buch mehr Menschen angezeigt wird.

Sie können somit mit wenigen Minuten Zeitaufwand unserem kleinen Familienunternehmen einen großen Gefallen tun. Vielen Dank für Ihre Unterstützung!

Impressum

Eine Veröffentlichung der EK2-Publishing GmbH
Friedensstraße 12, 47228 Duisburg
Handelsregisternummer: HRB 30321
Geschäftsführerin: Monika Münstermann

E-Mail: info@ek2-publishing.com
Website: www.ek2-publishing.com

Cover/Umschlag: Coverdesign Jörg Piesker, unter
Verwendung von Stockfotos Adobestock, Shutterstock
Studio Barcelona.
Lektorat: Jill Marc Münstermann
Buchsatz: Eduard Krisan

3. Auflage, November 2023

Druckhinweis:
Libri Plureos GmbH
Friedensallee 273
22763 Hamburg